LOW

PRICE

LIGHTER

5

DAS VERSCHOLLENE
BUCH

© 2017
Herstellung und Verlag: BoD – Books on Demand, Norderstedt.
ISBN: 9783848225675

Umschlaggestaltung: Engagiertes Deppen Design

Fotos: Marianna Fischer
Cover-Zeichnung vom Lowpricelighter im Original: Karl Gerd Striepe-
cke

Lektorat: Doro Appel

Danke an Marianna, Doro, Dirk, Detlev und Karl für alle Tipps beim
Testlesen. Und danke an alle, die mich ermutigt haben, es einfach
noch ein fünftes Mal zu machen.

Für weitere Informationen und Rückfragen wenden Sie sich bitte an:
Klaus Fischer - lowpricelighter@gmx.de

LOWPRICELIGHTER 5
DAS VERSCHOLLENE BUCH

INHALT:

	Vorwort	5
1.	Tschikken	9
2.	Sex im Alter	27
3.	Zimmersuche	40
4.	Das wahre Leben	53
5.	Oh, when the saints ...	65
6.	Lordie	74
7.	Friede auf Erden	86
8.	Gespräche	96
9.	Weihnachten mal ganz anders	105
10.	Alte Lieder	116
11.	Erwin	122
12.	Der Vorhang fällt	134
13.	Wahre Anbeter	148
14.	Alles anders	156
15.	Deutschland	168
	Nachwort	189
	Widmung	191

VORWORT

Vor ein paar Jahren hatte ich versprochen, keine weiteren Bücher vom Lowpricelighter mehr zu schreiben. Ich habe mich geirrt ... Und deshalb möchte ich kurz erklären, warum ich es mir doch noch anders überlegt habe und damit alle Mitmenschen enttäuschen musste, die meine Bücher sowieso am liebsten verbrennen würden.

Apropos verbrennen! Ich möchte in diesem Zusammenhang mal ganz allgemein darauf hinweisen, dass das Verbrennen meiner Bücher von mir zwar nicht grundsätzlich befürwortet wird, aber NACH dem ordnungsgemäßen Bezahlen des Buches ist es auch nicht generell verboten. Das Verbrennen des Autors hingegen wird nicht so gerne gesehen ...

Aber jetzt zu den Menschen, die meine Bücher mögen und sie witzig finden oder dadurch auf wundersame Weise gesegnet wurden. Es soll ja sogar Berichte geben, nach denen mindestens achtundvierzig Ehen durch das Lesen der Lowpricelighter-Bücher vor dem Scheitern gerettet werden konnten. Oder nein, andersrum: Nach dem Scheitern einer Ehe konnten achtundvierzig Bücher gerettet werden ... Genau! So war es! Aber immerhin!

Ich habe mich in den letzten zwanzig Jahren seit Erscheinen des allerersten Lowpricelighterbuches über etliche tolle Rückmeldungen und Kommentare gefreut. Manche Leute hatten einfach ein paar schöne lustige Stunden mit den Büchern, was aus meiner Sicht auch schon sehr viel wert ist. Und einige haben sogar berichtet, dass sie dadurch in einer Krise ein bisschen ermutigt wurden oder bestimmte negative Verhaltensweisen hinterfragen und ändern konnten. Das war wirklich klasse. (Für alle, denen das jetzt zu viel Eigenlob ist und die deshalb auch lieber dazu übergehen wollen, meine Bücher zu verbrennen: Bitte noch mal den entsprechenden Absatz lesen!).

Trotzdem war für mich einige Jahre lang klar, dass es kein weiteres Lowpricelighter-Buch geben wird und dass die Geschichte fertig ist (Die Doppeldeutigkeit des Begriffs „fertig" im Zusammenhang mit meinen Büchern ist mir bewusst).

Aber dann - um jetzt mal emotional so richtig auf die Sahne zu hauen - meldete sich mein Herz! Und das sagte zu mir: Ist es nicht eigentlich völlig egal, ob manche Leute denken, du kriegst nichts anderes hin als diese Lowpricelighter-Geschichten? Ist es nicht Lohn genug, wenn hin und wieder eine freundliche Rückmeldung kommt und sich jemand mit warmen Worten und glänzenden Augen für die Arbeit bedankt? Statt immer nur Geld, Erfolg, Berühmtheit und noch mehr Geld ...

Und dann dachte ich so: Was für ein gequirlter Mist! Das ist doch wieder typisch für mein Herz! Einfach keine Ahnung vom Geschäft. Denn natürlich würde ich lieber massig Kohle verdienen und mir endlich die schwarze Harley kaufen und damit auf Korsika rumfahren. Und da wäre es nun mal eigentlich finanziell lukrativer, in der Innenstadt Pfandflaschen zu sammeln statt Bücher zu schreiben.

Ich hab dann trotzdem auf mein Herz gehört. Denn irgendwie hat es mir in der Vergangenheit ziemlich oft die richtigen Tipps gegeben. Zum Beispiel, als ich mich in die Liebe meines Lebens verliebt habe … nein, ich mache jetzt hier keine blöden Witze, sondern damit ist wirklich meine Frau gemeint! (… an dieser Stelle müsste jetzt sentimentale Geigenmusik einsetzen … wo ist eigentlich das Orchester, wenn man es mal braucht?) Oder als ich nach meinem ersten und wirklich furchtbarsten Marathonlauf in meinem Herzen trotzdem wusste: Das ist es! Und dann wurde daraus ein wunderbares Hobby mit vielen tollen Erlebnissen. Oder die Sache mit meinem Beruf … Ach nee, das hatte andere Gründe …

Und dieses Herz sagte jedenfalls: Schreib noch ein Lowpricelighter-Buch. Mach es einfach aus Spaß an der Sache und weil du damit einigen Leute eine Freude machen kannst. Weil du so ein unheimlich netter und sympathischer … ach, das wird jetzt hier zu schleimig … Jedenfalls, jetzt ist es da:
LOWPRICELIGHTER 5 - DAS VERSCHOLLENE BUCH
Nur für euch …

P.S.: Und weil man den Lowpricelighter-Lesern ja sowieso nichts vormachen kann! Die ersten beiden Kapitel „Tschikken" und „Sex im Alter" hatte ich schon 2014 und 2016 online auf meiner Homepage veröffentlicht. Aber alles ab Kapitel drei ist komplett neu. Und jetzt fangt endlich an …

1. Tschikken

„Äh ... TSCHIKKEN!" sagte ich in meiner Hilflosigkeit zu der freundlich grinsenden Stewardess, die mich vermutlich gerade gefragt hatte, welches eingeschweißte Flugzeug-Menü ich essen möchte. Leider hatte ich aber höchstens ein Drittel von dem verstanden, was sie mir mit ihrem stark asiatischen Akzent vorgetragen hatte. Aber mit „TSCHIKKEN!" kommt man ja beim Essen eigentlich immer weiter.

In diesem Fall hatte ich aber leider wohl die falsche Wahl getroffen, denn nachdem ich die Folie meines Essens mühsam abgezogen hatte, fragte ich mich, ob sie wirklich „Huhn" verstanden hatte oder vielleicht doch eher Opossum, Hyäne oder Leguan. Gitti hatte das andere Menü mit Rindfleisch gewählt und damit deutlich mehr Glück gehabt.

„Möchtest du tauschen oder teilen?" fragte ich auf die plumpe Tour, aber sie war natürlich erstens zu intelligent und zweitens zu lange mit mir verheiratet, um auf so was noch reinzufallen.

„Nee, bleib du mal bei deinem durchgerührten Senioren-Pamps oder was das da sein soll", sagte sie etwas schnippisch. Ihre Laune war schon die ganze Zeit nicht so besonders, denn sie hatte während des Fluges starke Kopfschmerzen bekommen und man weiß ja, wie Frauen dann so sind ... noch schlimmer als sonst!

Einerseits freuten wir uns auf die Stadt New York und natürlich vor allem auf das Wiedersehen mit unserer Tochter Steffi, die seit einigen Wochen dort im Gebiet von New Jersey wohnte. Andererseits ist so eine Reise natür-

lich auch immer ziemlich lang und anstrengend ...
Aber halt! New York? New Jersey? USA?
Sicher fragen Sie sich gerade, warum Steffi jetzt dort war, obwohl sie doch eigentlich in „Lowpricelighter fear" mit ihrem Freund Aaron nach Australien wollte. Und hatte sie nicht erzählt, dass es Gottes Wille sei, dass sie ihre Ausbildung abbrechen soll und stattdessen irgendwo in Australien im christlichen Musikdienst tätig wird?
Ja, das hatte sie!
Gitti und ich waren natürlich von Anfang an von diesen Ideen nicht begeistert gewesen und hatten versucht, sie davon zu überzeugen, dass Gott niemanden nach Australien schickt, wenn er ihn wirklich liebt. Und wir hatten auch erwähnt, dass Gott ganz sicher niemanden auf einer Bibelschule haben möchte, jedenfalls dann nicht, wenn man gerade eine Ausbildung macht und ein knappes Jahr vor dem Abschluss steht. Bibelschulen sind doch eher was für planlose Typen, die es verpennt haben, sich rechtzeitig irgendwo für einen vernünftigen Beruf zu bewerben. Na ja, das war jedenfalls meine Meinung. Aber wie diese erwachsenen Töchter nunmal so sind, hatte sich Steffi natürlich nicht von ihrem Plan abbringen lassen.
Komischerweise war dann einige Wochen später aber dieser „Ruf nach Australien" wohl doch nicht so klar gewesen, denn Steffi hatte mir etwas überraschend erzählt, dass sie jetzt doch lieber in die USA gehen wollte.
„Ach, und was ist mit Australien? Ist das jetzt doch nicht mehr Gottes Wille?" hatte ich etwas ironisch gefragt.
„Vielleicht später" hatte sie gesagt. „Momentan möchte ich erstmal zur Bibelschule nach New Jersey."

„Und Aaron? Kommt der trotzdem mit oder macht der jetzt doch sein Mediendesign-Studium fertig?" Ich hatte bei dieser Frage nicht verhehlen können, dass ich Aaron und seine Ideen nach wie vor für unzuverlässig hielt. Steffi hatte mich daraufhin scheinbar überrascht angeschaut und gesagt: „Hat Mama dir denn noch nicht gesagt, dass ich jetzt mit Günter Siekmann ..."

„WAAAAAAAAS?" Gegen väterliche Reflexe kann man einfach nichts machen, obwohl ich natürlich eigentlich gewusst haben musste, dass Günter als Partner für Steffi ganz sicher nicht in Frage gekommen wäre. Hätte ich Steffis Grinsen rechtzeitig bemerkt, dann wäre ich auf diesen äußerst miesen Witz meiner Tochter sowieso nicht reingefallen. Außerdem war mir kurz danach auch wieder eingefallen, dass Günter vor kurzem im Gottesdienst zwar irgendwas von einem missionarischen Dienst gefaselt hatte, den er beginnen wolle. Aber dabei war es - so weit ich mich erinnerte - nicht um eine Bibelschule in den USA, sondern um Einsätze bei brasilianischen Sambatänzerinnen gegangen. Was auch immer er von denen wollte ...

■■■■■■■

Steffi und Aaron hatten sich dann einige Wochen später in die USA abgemeldet, um für ein Jahr die „Morethan Holy Worship Academy" in New Jersey zu besuchen, die von einem Schüler Billy Gairvines gegründet worden war, der Ted Rapack hieß.
Und da New Jersey bekanntlich neben New York liegt und wir diese Stadt immer schon mal sehen wollten, hatten wir beschlossen, Steffi zu besuchen und gleichzeitig

noch etwas Urlaub zu machen. So viel zur Vorgeschichte und zu der Frage, warum wir nach New York flogen.

Und so saßen wir jetzt im Flugzeug, ärgerten uns über die Deppen in der Sitzreihe vor uns, die natürlich ihre Sitzlehnen unbedingt zurückstellen mussten und hofften darauf, dass die restlichen fünf Stunden möglichst schnell vorüber gehen. Was natürlich Quatsch ist, denn fünf Stunden dauern immer gleich lange, nämlich genau fünf Stunden. Aber es kommt einem unterschiedlich lange vor. Zum Beispiel erscheinen fünf Stunden bei einer spannenden „Tour de France" Übertragung immer recht kurz, während fünf Stunden mit Gitti sich manchmal ganz schön hinziehen können.
Aber Frauen sind ja sowieso irgendwie schwierig. Ständig fragen sie irgendwas und regen sich dann auf, wenn man entweder keine Antwort weiß oder zwar eine Antwort weiß, aber sie nicht sagen will oder die Antwort weiß und sie auch sagt, aber es besser gewesen wäre, man hätte sie nicht gesagt oder es vielleicht sogar noch gut gewesen ist, dass man sie gesagt hat, aber nicht WIE man sie gesagt hat ... ach, das wird jetzt zu kompliziert.
Aber hier ist ein Beispiel aus dem Flieger nach New York: „Wäre das nicht auch ein schöner Tod für ein Ehepaar, wenn man gemeinsam mit dem Flugzeug abstürzt?" fragte Gitti mich nämlich plötzlich.
HÄ? Wie war sie denn da nun wieder drauf gekommen? Und was sollte ich sagen? Denn ich wollte natürlich ganz sicher nicht abstürzen. Weder mit ihr noch ohne sie. Und so wie ich die Sache einschätzte, war das doch ohnehin wieder eine dieser Fangfragen, bei denen man nur verlieren konnte.

„Also, der Pilot würde ja sicher irgendwo eine Notlandung hinkriegen", sagte ich deshalb ausweichend.

„Und wenn wir über dem Meer abstürzen würden?" fragte Gitti und ließ nicht locker.

„Dann gibt es Schwimmwesten!"

„Ein Flugzeug könnte auf dem offenen Meer bei meterhohen Wellen niemals vernünftig landen. Das würde man nicht überleben."

„Ich schon, denn ich bin ja Christ!" sagte ich trotzig.

„Auch Christen sterben."

„Schon klar", sagte ich. „Aber ich bin nicht nur Christ, sondern auch ehemaliger Lobpreisleiter und Gott braucht mich noch hier auf dieser Welt!"

„Wofür?" fragte sie mit diesem leicht ironischen Unterton, der mich immer auf die Palme brachte.

„Das ist ... Auch wenn ich jetzt momentan keinen Dienst in der Gemeinde habe ... ohne mich würde es eben nicht so laufen. Und deshalb würdest vielleicht **DU** bei einem Absturz sterben, aber eben nicht **ICH**. Und ich würde nämlich bestimmt wie durch ein Wunder überleben und wahrscheinlich mit einer jungen dunkelhaarigen Schönheit, die den Absturz ebenfalls ohne einen Kratzer überstanden hätte, auf einer einsamen, paradiesischen Insel stranden."

„Ach!" sagte sie und schaute etwas gedankenverloren auf den Fernsehbildschirm, der gerade anzeigte, dass wir in 4:22 Stunden die Stadt „Destination" erreichen würden. Dieses „Ach!" verhieß nichts Gutes. „Du würdest also nicht um mich trauern, sondern dich gleich der nächstbesten Frau an den Hals werfen?" fragte sie. Normalerweise war Gitti nicht eifersüchtig, schon gar nicht, wenn es um imaginäre Schönheiten auf einsamen Inseln ging, aber in diesem Fall hatte ich wohl den falschen Witz zur falschen Zeit gemacht.

„Doch. Natürlich wäre ich traurig!" antwortete ich deshalb beschwichtigend. „Und ich würde der Dame am Anfang ganz klar sagen, dass ich noch nicht so weit bin für eine neue Beziehung ... zumindest erstmal für ein, zwei Tage ..."

Mist! Den letzten Halbsatz hätte ich weglassen sollen, denn vier Stunden und zweiundzwanzig Minuten neben einer schweigenden und schmollenden Frau im Flugzeug können sich auch ziemlich lange hinziehen. Ich musste also notgedrungen auf das Videoprogramm der Airline zurückgreifen und schaute mir einen Science-Fiction-Film an, in dem ein Betriebsprüfer vom Finanzamt die Welt rettet, weil er die gefährlichen Außerirdischen zur Abgabe von Steuererklärungen zwingt und sie so in den Wahnsinn treibt.

∎∎∎∎∎∎∎

Die Einreiseprozedur am New Yorker Flughafen war ziemlich nervig und man musste neben dem Pass auch die Fingerabdrücke abgeben. Ich hoffte in diesem Zusammenhang, dass meine Fingerabdrücke noch nicht gespeichert waren, denn im Alter von elf oder zwölf Jahren hatten wir eine gewisse Aktion mit einem Trecker und einem brennenden Pfeil veranstaltet, die glücklicherweise nie aufgeklärt worden war. Aber was konnte ich denn schon dafür, wenn mein Freund Jürgen zu mir gesagt hatte: „Den Trecker triffst du niemals!"

Egal! Zurück zur eigentlichen Geschichte. Ich glaube manchmal, ich schweife in meinen Erzählungen viel zu viel ab und eröffne alle möglichen verwirrenden Nebenhandlungen. So wie Onkel Herbert damals, der ja immer ... Mist! Ich fang' schon wieder an. Ich glaube, ich werde langsam alt.

Steffi und Aaron wollten uns am Flughafen abholen, obwohl wir gesagt hatten, dass wir auch mit dem Taxi zum Hotel fahren können. Aber Steffi hatte gemeint, es käme gar nicht in Frage, dass ihre „alten und hilflosen Eltern vom Lande" da durch die Großstadt irren und womöglich in schlechte Gesellschaft geraten.

Am Flughafen erwartete uns allerdings leider lediglich Aaron. Ich war etwas enttäuscht, weil ich nicht meinen zukünftigen Schwiegersohn, sondern viel lieber meine Tochter wiedersehen wollte. Väter haben in dieser Hinsicht für die Kerle ihrer Töchter meist sowieso nicht so sehr viel übrig und darüber hinaus gab ich ihm innerlich die Schuld daran, dass unsere „Kleine" ihre Ausbildung abgebrochen und uns verlassen hatte. Und deswegen hatte er bei mir erstmal für die nächsten fünf bis fünfzig Jahre vergeigt.

„Ist Steffi gar nicht hier?" fragte ich etwas enttäuscht.

„Die konnte nicht mitkommen, weil Machma in seinem Auto nur vier Plätze hat", erklärte Aaron. Toll! Dann hätte ER ja stattdessen zuhause bleiben können. Und überhaupt. Wer war dieser Machma?

Wir sollten ihn kurze Zeit später kennenlernen, als kurz nach dem Verlassen des Flughafens ein Auto vor uns hielt, das aussah, als ob es schon bei der Schlacht von Pearl Harbor seine besten Zeiten hinter sich hatte und außerdem dort den einen oder anderen Bombentreffer hinnehmen musste. Der Fahrer schien aus Asien zu stammen und stammelte irgendwas von „Quick entry!"

und „Police". Kaum hatten wir unser Gepäck eingeladen und einen Fuß im Inneren des Wagens, fuhr er auch schon los.

Aaron erklärte uns, dass man sich an die Fahrweise in den USA erst gewöhnen müsse: „Machma hat das aber alles im Griff!", sagte er. Ich war mir da nicht so sicher, denn abgesehen von einer recht aggressiven Fahrweise telefonierte der Kerl die ganze Zeit mit dem Handy oder zitierte irgendwelche Bibelverse, wenn er gerade irgendwem die Vorfahrt genommen hatte. Und ich weiß auch nicht, ob es wirklich zur üblichen Fahrweise in den USA gehört, laut hupend über einen Schulhof mit Kindern zu fahren, weil man dort eine kleine Abkürzung nehmen kann … selbst wenn man dann auch wieder ein paar Bibelverse zitiert und für die Kinder im Vorbeifahren betet. Besonders mulmig wurde es aber erst, wenn er sich noch zu Gitti und mir umdrehte und uns irgendwas erzählte, das wir aufgrund des merkwürdigen Dialekts sowieso kaum verstanden. Immerhin wusste ich später, dass er mit Nachnamen „Shnella" hieß und ursprünglich aus dem Grenzgebiet zwischen Pakistan und Kolumbien stammte.

Ich war sehr erleichtert, als er nach diversen Beinaheunfällen dann endlich vor unserem Hotel in Manhattan hielt. Machma lehnte es kategorisch ab, für seine Fahrdienste von mir bezahlt zu werden und erzählte, er sei als Christ selbstverständlich immer für andere Christen da und würde es als Ehre betrachten, uns zu dienen. Diese Einstellung fand ich toll!

Er meinte dann noch, er gehe davon aus, dass wir das gleiche für ihn tun würden, falls er mal in unser Land käme. Diese Einstellung fand ich nicht so toll! Ich versprach ihm aber, ihn vom Flughafen abzuholen, falls er mal irgendwann nach Todtenhausen käme ... falls es zeitlich passt ... und falls ich das Auto zur Verfügung habe ... und falls kein Stau auf der Autobahn ist ...

Da Aaron und Machma weiter zur Bibelschule fahren wollten, fragte Gitti ihn noch, wann wir denn nun unsere Tochter zu Gesicht kriegen würden.

„Ach ja", sagte Aaron und guckte dabei wie üblich etwas planlos. „Das hätte ich jetzt fast vergessen. Ich soll euch sagen, dass ihr am besten mit der Metro nach Süden fahrt bis zur Station in der 34. Straße und dann einfach in Richtung Empire State Building weitergeht. Das seht ihr dann schon. Da gibt es ein Steakhouse, in das wir euch um 18 Uhr einladen wollen ... oder hatte sie 19 Uhr gesagt? Jedenfalls wenn sie vom Arzt zurück ist."

„ARZT?" fragten Gitti und ich gleichzeitig als besorgte Eltern. „Sie ist doch wohl hoffentlich nicht krank?"

„Nee, sie will nur prüfen lassen, ob sie schwanger ist!" sagte er lachend.

Gitti und ich schauten ihn ziemlich fassungslos an und ich muss zugeben, dass ich meinen zukünftigen Schwiegersohn eigentlich gerne verprügelt hätte. Ich weiß: Christen hauen anderen Leuten keine rein und sie sollten es sicherlich auch nicht in Gedanken tun, aber erstens wollte ich es nicht so derart beiläufig erfahren, wenn meine Tochter möglicherweise ein Kind bekommt und zweitens: Wie konnte man als Christ ein Kind bekommen, wenn man noch gar nicht verheiratet ist? Das geht doch gar nicht! Ich meine, man muss doch erst ... bevor man ...

„Wir müssen los. Alles weitere heute Abend" rief Aaron. Weitere Nachfragen waren nicht möglich, weil Machma Shnella schon mehrfach wieder irgendwas von „Quick entry" und „Police" gerufen hatte und dann auch losfuhr, obwohl Aaron noch halb aus dem Auto hing. Ich wünschte Steffi zuliebe, dass er die Fahrt lebend übersteht, obwohl er sich mal wieder als ziemlich planlos herausgestellt hatte. Konnte meine Tochter nicht irgendwen vom Finanzamt heiraten? So einen netten jungen Mann mit festem Gehalt und Pensionsanspruch? Der sein Leben fest im Griff hat und außerdem dann auch meine Steuererklärung machen und uns vielleicht vor Außerirdischen retten könnte?

■■■■■■■

Gitti und ich standen mit unserem Gepäck zunächst etwas hilflos vor dem Hotel, weil wir uns erstmal von den etwas überraschenden Nachrichten erholen mussten.
„Der spinnt doch!" sagte Gitti. „Der fährt mit uns 'ne Stunde vom Flughafen hierher und erzählt dann beiläufig, dass Steffi vielleicht schwanger ist. Diese Musiker haben doch alle irgendwie 'ne Macke."
Ich wollte ihr bei diesem recht pauschalen Urteil nicht so ganz zustimmen, zumal ich mich ja im weitesten Sinne auch immer noch als Musiker sah. Aber Aaron war schon wirklich ziemlich merkwürdig. Und an diesem Tag war er noch deutlich merkwürdiger als sonst. Den wahren Grund dafür sollten wir dann erst später erfahren …

Anmerkung des Autors: Ich schreibe das nur, um die Spannung zu erhöhen, damit man einfach nicht aufhören kann zu lesen … Nein, Sie gehen jetzt nicht erstmal einen Kaffee holen!

Nach dem Einchecken im Hotel machten wir uns auf den Weg, um irgendwas Essbares zu finden. Bis zum Treffen mit Steffi und Aaron dauerte es noch mindestens fünf Stunden und deshalb musste ich vorher irgendwas im Magen haben.

Wir fanden einen kleinen Laden, der auch Snacks verkaufte und wollten uns dort mit einem Sandwich eindecken. Leider verstand ich weder die Beschreibungen auf den Schildern für die belegten Brote in der Auslage noch den Ladenbesitzer, der irgendwo aus Lateinamerika zu kommen schien und ein furchtbares Englisch sprach. Als er mich dann fragend anblickte und vermutlich wissen wollte, was ich gerne bestellen möchte, sagte ich in meiner Hilflosigkeit: „Äh, TSCHIKKEN!"

Vermutlich hätte ich das nicht machen sollen und ich hätte wohl besser auch seine Frage, in der ich nur das Wort „spicy" verstanden hatte, nicht mit „Yes!" beantworten sollen. Denn die Soße, die er großzügig in das Sandwich schaufelte, war „höllisch" scharf. Wobei ich natürlich eigentlich gar nicht weiß, ob in der Hölle irgendwas wirklich scharf ist. Und ich will es ja auch nicht herausfinden, weil ich davon ausgehe, dass ich nach meinem Tod - also in ferner Zukunft - mit der Hölle nichts zu tun haben werde. Aber ich schweife schon wieder ab.

Am Nachmittag erwischte uns der Jetlag und ich hätte mich eigentlich aufgrund der Müdigkeit gerne hingelegt. Aber Gitti war der Meinung, man sollte sich lieber möglichst schnell an die neue Ortszeit gewöhnen und deshalb wach bleiben. Außerdem wollte sie die Stadt erkunden und diverse Kaufhäuser besuchen. Mich ereilte also das Schicksal fast aller Ehemänner: Einkaufstaschen tragen und bei Fragen wie „Steht mir das?" oder „Passt das Shirt zu der Hose?" irgendwas zu sagen wie: „Ich such' mal eben die Toilette!"

Keine Ahnung, wie es tatsächlich geklappt hat, aber wir fuhren abends mit der U-Bahn zu der von Aaron genannten Station, konnten nach kurzer Orientierung auch das Empire State Building sehen und fanden auf dem Weg dorthin ein Steakhouse. Während wir draußen vor der Tür warteten und hofften, dass dies das richtige Restaurant war, sagte Gitti: „Egal, was gleich kommt. Denk bitte dran, dass du nicht der Moralapostel bist, sondern der Vater!"

Ich weiß gar nicht ... ich meine, als wenn ich jemals irgendwie moralisieren würde ... dachte ich. Und ich sagte: „Ich weiß gar nicht ... ich meine, als wenn ich jemals irgendwie moralisieren würde ..."

„O doch, das tust du ganz gerne!" stellte sie fest.

„Aber die hätten doch nun wirklich nicht ... oder wenn, dann hätten sie ja wenigstens ... das ist doch heutzutage ..." motzte ich.

Wir konnten uns aber nicht weiter streiten, weil genau in diesem Moment die alte Rostlaube von Machma Shnella direkt vor uns hielt. Steffi und Aaron stiegen aus, während Machma sie mit den Worten „Police" und „Quick exit" zur Eile trieb. Es war toll, Steffi wiederzusehen und wir umarmten uns herzlich.

„Schön dich zu sehen. Wie geht es dir?" fragte ich. Und sie sagte: „Lasst uns erstmal reingehen."

O nein! Schwanger! Auch das noch. Ich werde Opa. Grundsätzlich schön, aber natürlich viel zu früh.

Wir setzten uns an den Tisch, den uns eine nette Kellnerin zuwies. Die Konversation wurde dabei von Aaron und

Steffi gemanagt, weil die beiden sich natürlich nach mehreren Wochen in den USA schon wesentlich besser verständigen konnten als wir mit unserem verstaubten Schul-Englisch. Ich hatte gehofft, dass ich mich mit meiner Aussprache vor meiner Tochter und meinem Schwiegersohn nicht blamiere, wenn ich in der Speisekarte einfach auf ein bestimmtes Essen zeige. Leider gab es aber keine Speisekarte, sondern lediglich Empfehlungen der Kellnerin, die ich aber nur teilweise verstand. Ich änderte meinen Plan und ging davon aus, dass die Frauen sowieso zuerst gefragt würden. Dann könnte ich darauf vertrauen, dass Gitti irgendwas Nettes zu essen nimmt und ich mich mit den Worten „The same, please!" aus der Affäre ziehen könnte. Leider wurde ich aber als Erster gefragt.

„Äh, TSCHIKKEN!" sagte ich deshalb, als die Kellnerin mich ansah. Da sie nickte und irgendwas mit „Thank You, Sir!" sagte, schien es zu klappen. Und ihre Nachfrage in Bezug auf die Beilagen beantwortete ich einfach mit „Yes!"

Die anderen nahmen irgendwelche Rinder-Steaks, Gitti ließ sich dabei von Steffi beraten. Das wäre vielleicht auch für mich eine Alternative gewesen, aber als Vater muss man sich erst dran gewöhnen, dass die Kinder irgendwann alle möglichen Dinge besser können als man selbst.

Aaron und Steffi berichteten von ihren Erlebnissen in der Bibelschule. Sie waren beide begeistert von dem, was sie dort bisher erlebt hatten. Ich kam nicht umhin, mir Gedanken zu machen, ob eine schwangere und unverheiratete Frau eigentlich überhaupt auf so einer konservativen Bibelschule geduldet wurde, behielt den Gedanken aber für mich. Denn das Überbringen dieser Nachricht wollte ich schon ihnen überlassen.

Sie berichteten, dass sie auch hier auf der Bibelschule im Musikteam integriert waren, weil man wohl die außergewöhnlichen musikalischen Fähigkeiten der Familie Nühm nebst Anhang zu schätzen wusste. Tja, aber wenn erstmal rauskommt, dass sie schwanger ist ...

Steffi erzählte, dass sie außerdem einen Aushilfsjob in einem Krankenhaus gefunden hatte, um ein bisschen Geld für den Lebensunterhalt zu verdienen. Auch in diesem Zusammenhang konnte ich mir den Gedanken nicht verkneifen, dass dies mit einer Schwangerschaft wohl kaum noch lange möglich sein würde.

Als unser Essen serviert wurde, war ich mal wieder etwas enttäuscht, denn neben den großen Steaks der anderen sah mein Hähnchen doch etwas mickerig aus. Immerhin bekam ich aber neben den Pommes auch noch eine Art Pizzabrot, weil die Kellnerin wohl gedacht hatte, mein „Yes!" bedeutet, dass ich alles will, was sie vorher aufgezählt hatte.

Gitti und ich stutzten, als Steffi für uns alle noch eine Flasche Rotwein bestellte. War sie doch nicht schwanger? Ich meine, da würde man dann ja wohl keinen Alkohol mehr trinken, oder?

Ich hätte immer noch nicht gefragt, aber Gitti ist bei solchen Dingen dann doch etwas direkter. „Also jetzt will ich es aber wissen. Bist du denn nun schwanger oder nicht?"

„Hä?" Steffi schaute uns an, als hätte ihre Mutter ihr gerade erzählt, sie sei jetzt mit Günter Siekmann zusammen gezogen. „Wieso schwanger?" fragte sie. „Wie kommst du denn jetzt darauf?"

„Weil Aaron erzählt hat, dass du beim Arzt ..." Weiter kam Gitti gar nicht, denn Aaron lachte laut los und sagte dann: „O sorry! Das war meine Schuld. Ich wollte da nur einen kleinen Witz machen, weil deine Eltern doch immer so herrlich konservativ sind. Und ich war dann irgendwie zu nervös, den Witz dann noch zu erklären."

Dieser A ... Ich hätte ihm in diesem Moment gerne mal so ganz „herrlich konservativ" was aufs Maul ... ach, das sollte man als Christ ja auch wieder nicht unbedingt zugeben.

Gitti schaute ihn mit genau dem gleichen Blick an, den ich immer zu sehen bekomme, wenn ich zu ihr sage, dass ihre eigentlich weit geschnittene Jeanshose auch mal wieder etwas knapp über dem Hintern sitzt.

Und Steffis Blick fiel zunächst auch nicht gerade besonders wohlwollend aus. Da stand der gute Aaron wohl momentan gleich mit beiden Füßen im Fettnapf. Eine Eigenschaft, die ansonsten ja meist eher mir vorbehalten war, aber mein Schwiegersohn schien ebenfalls dieses zweifelhafte Talent zu besitzen.

Aaron entschuldigte sich und meinte: „Sorry. Ich bin heute etwas aufgeregt und labere ziemlich viel Blödsinn. Aber es gibt auch einen Grund dafür." Wir blickten ihn fragend an und warteten darauf, diesen Grund zu erfahren. „Ääääh ..." stammelte er und kratzte sich nervös am Hinterkopf. „Soll ich jetzt? ... Und ihr seid auch nicht mehr sauer auf mich?"

„Das war zwar ein echt blöder Witz", meinte Steffi. „Aber Mutti und Papa verkraften das schon. Und jetzt erzähl endlich, was mit dir los ist."

Aaron kratzte sich erneut am Kopf, dann stand er auf und sagte: „Ich möchte heute etwas tun, das mir sehr wichtig ist und deshalb bin ich so nervös ... Also ..." Er nahm einen großen Schluck Wein wie ein Alkoholiker, der sich erstmal Mut antrinken muss und kniete sich vor Steffi auf den Boden.

Man ahnt natürlich schon, dass jetzt eine ziemlich kitschige Szene folgen wird, die in jedem Hollywoodstreifen mit Geigenmusik und Tränen unterlegt wird. Im Restaurant lief zwar nur „Let it be" von den Beatles, aber Aaron holte tatsächlich aus seiner Jackentasche eine kleine Schachtel, in der – welch Überraschung! - ein Ring steckte. Er schaute sie an und stammelte: „Seit ich dich kenne, wusste ich, dass du die Liebe meines Lebens bist und dass es keine Andere mehr geben wird ..." Ich schaute in diesem Moment zu Steffi und sah ihre Anspannung. Man konnte nicht erkennen, ob sie sich freute oder eher schockiert war. „Hoffentlich sagt sie: Nein!" dachte ich. Als Vater muss man ja immer positiv denken.

„... und deshalb möchte ich dich hier in Gegenwart deiner Eltern fragen, ob du meine Frau werden willst", sagte Aaron und schaute sie an. Steffi war offensichtlich genauso überrascht wie wir und zögerte einen Moment. „Sag einfach: NEIN!" dachte ich.

Sie holte tief Luft, schaute ihn sehr ernst an und einen Moment lang dachte ich, sie würde den Heiratsantrag tatsächlich ablehnen. Aber dann erhellte sich ihr Gesicht. „Ja, das will ich!" sagte sie und fiel ihm um den Hals. Mist! Dann folgte das in solchen Fällen übliche sentimentale Geknutsche und natürlich auch ein paar Tränen. Und wenn ich ehrlich bin, dann hatte auch ich meine liebe Mühe, in diesem Moment nicht loszuheulen, denn mir wurde schlagartig bewusst, dass „unsere Kleine" jetzt endgültig ihre eigene Familie gründen würde.

Die übrigen Gäste im Restaurant hatten die Szene mittlerweile auch mitbekommen und applaudierten. Irgendwer rief etwas wie „Rest in peace!" oder so ähnlich. Ich ließ mich dazu hinreißen, eine Flasche vom billigsten Champagner zu bestellen. Wenn meine einzige Tochter sich verlobt, dann war die übliche Zurückhaltung in finanziellen Dingen mal für einen Tag aufgehoben. Und obwohl wir ja eigentlich von den Kindern zu diesem Essen eingeladen waren, bestand ich darauf, die komplette Rechnung zu übernehmen und der Kellnerin sogar Trinkgeld zu geben. Wenn Arno Nühm feiert, dann aber richtig!

■■■■■■■

Wir hatten noch ein paar wirklich schöne Tage in New York, schauten uns die bekanntesten Sehenswürdigkeiten an und genossen die gemeinsame Zeit mit Steffi ... na ja, und auch mit Aaron. Denn als Gitti und Steffi sich am letzten Abend unbedingt „Mud-Yes-Feel-Ace" anschauen wollten, dieses neue Broadway-Musical mit den singenden Fischbrötchen, da bewunderten Aaron und ich lieber diese wunderbare Stadt bei Nacht vom Dach des Rockefeller Centers.
Bei solch einem fabelhaften Ausblick auf die Lichter der Großstadt könnte man schnell mal sentimental werden und seinem Schwiegersohn irgendwas sagen wie: „Ich bin froh, dass du jetzt die Nummer eins im Leben meiner Tochter bist ..." - oder so ähnlich. Aber ich beschränkte mich darauf, ihm zu erklären: „Eine Sache möchte ich noch gerne loswerden, bevor wir abreisen. Wenn du meiner Steffi jemals weh tust ... also, nur dass du es weißt ... dann würde ich dir ohne zu zögern was aufs Maul

hauen."

Er schaute eine Weile in die Nacht hinaus und sagte dann: „Wenn ich Steffi jemals weh tun würde, dann hätte ich es auch verdient, dass du mir eine reinhaust. Mach dir keine Sorgen. Ich will alles tun, damit sie glücklich ist."

Von diesem Moment an wusste ich, dass er der Richtige ist. Und ich wusste auch, dass ich ihn niemals schlagen würde, zumal er mir dann auch noch erzählte, dass er den schwarzen Gürtel in Karate hat.

Einige Wochen später empfing Gitti mich zuhause mit der Nachricht, dass die beiden ihren Hochzeitstermin festgelegt hatten und im nächsten Frühjahr dafür nach Deutschland kommen wollten. „Und es gibt noch etwas Wichtiges!" sagte sie.

„O nein! Ist Steffi jetzt doch schwanger?" fragte ich.

„Konnten die denn nicht aufpassen?"

Gitti schüttelte den Kopf und sagte: „Nein, sie ist nicht schwanger. Aber ich!"

2. SEX IM ALTER

Anmerkung des Autors: Achtung! In diesem Kapitel kommt ungefähr 52 x das Wort „Brüste" vor. Wer also etwas gegen Brüste hat, der sollte dieses Kapitel entweder nicht lesen oder sich wenigstens dabei die Augen zuhalten.

„DU BIST SCHWA...?"
Weiter kam ich nicht, denn Gitti redete einfach weiter: „Es muss in New York passiert sein."
Wir Männer sind ja grundsätzlich nicht blöd! Und deshalb wissen wir natürlich, dass man in so einer Lage auf gar keinen Fall irgendwelche völlig schwachsinnigen Bemerkungen machen sollte wie: „Hättest du denn nicht aufpassen können?", oder: „Das geht doch in deinem Alter gar nicht mehr!"
Leider hatte ich aber in dieser Situation vergessen, dass wir Männer nicht blöd sind, und deshalb genau diese beiden Sätze gesagt.
Gitti war ziemlich sauer. „Wieso ist es meine Schuld? Du warst doch wohl auch dabei, oder?", rief sie ärgerlich.
„Ja, aber du hast mich ja mit deinem Körper quasi dazu gezwungen!" Auch das war natürlich eine ziemlich blöde Bemerkung, denn nur weil wir Männer auf ... na ja, Sie wissen schon ... stehen, ist das ja kein Grund, alle Vernunft über Bord zu werfen. Aber irgendwie war ich noch nicht bereit, meinen Teil der Verantwortung zu übernehmen, denn der Gedanke an eine Schwangerschaft war für mich eine echte Katastrophe. Gitti war alt! Und Ich ...

gut, bei uns Männern ist das egal, wir werden ja nicht älter, sondern nur reifer. Trotzdem.

Und worauf kann man sich in solch nervigen Situationen immer verlassen? Dass garantiert irgendjemand aus der Gemeinde anruft und die Sache noch schlimmer macht.
So auch in diesem Fall. Claire Grube, die Leiterin unserer gefürchteten Senioren-Kreativgruppe, meldete sich bei mir und sagte: „Du, Arno, wir möchten zu Weihnachten ein Theaterstück aufführen und dafür suchen wir noch zwei rüstige Leute als Maria und Josef. Hättet ihr beide Zeit und Lust?"
Da ich die Mithörtaste am Telefon gedrückt hatte, bekam Gitti natürlich alles mit. Sie gab mir ein Zeichen, fuchtelte wie wild mit den Händen herum und zeigte dann auf ihren Bauch.
„Äh …", sagte ich ins Telefon, um irgendwie Zeit zu gewinnen und schaute Gitti fragend an. Sie wiederholte die Geste mit dem Bauch. Ah, okay – verstanden!
„Also … ähm, das kommt jetzt etwas überraschend", sagte ich dann ins Telefon. „Ich für meinen Teil möchte ehrlich gesagt nicht unbedingt noch mal bei einem Theaterstück in der Gemeinde mitmachen. Schon gar nicht als Josef. Aber Gitti hat mir gerade signalisiert, dass sie, weil sie sowieso schwanger ist, die Rolle der Maria übernehmen könnte …"
Die Antwort von Claire konnte ich nur bruchstückhaft verstehen, denn Gitti riss mir den Hörer aus der Hand, schaute mich mit ihrem vorwurfsvollen „Wäre ich nicht fromm, dann würde ich dich töten"-Blick an und sagte dann zu Claire: „Hallo, hier ist Gitti. Du, lass uns später drüber reden, es passt gerade schlecht. Bis dann …"

„Also wolltest du jetzt doch nicht mitspielen?", fragte ich.
„Sag mal, merkst du eigentlich noch IRGÄÄÄHNDWASS?", wütete sie, und das klang nicht nur ziemlich langgezogen, sondern auch sehr vorwurfsvoll. „Du kannst doch jetzt nicht schon in der Gemeinde rumerzählen, dass ich schwanger bin!"
„Ja, aber du hast doch auf deinen Bauch gezeigt!"
„Damit wollte ich dir zu verstehen geben, dass du GENAU DAS NICHT sagen sollst!"
„Ich bin nun mal nicht so gut in Pantomime!", versuchte ich mich zu rechtfertigen. „Und außerdem bin ich gerade etwas durcheinander, denn eine Schwangerschaft ist nun wirklich das Letzte, womit ich jetzt gerechnet hätte."
„Ja meinst du etwa, ICH wollte das?", rief sie ärgerlich, stürmte aus dem Zimmer und knallte die Tür zu. Gitti ist wirklich eine tolle Frau ... außer wenn sie schlechte Laune hat oder sauer auf mich ist ... oder beides. Und sie hat oft schlechte Laune oder ist sauer auf mich ... oder beides!
Anfangs hatte ich noch die Hoffnung, dass Claire die Information mit der Schwangerschaft vielleicht für sich behalten würde. Aber kurz danach gab es bereits eine Facebook-Gruppe unter dem Namen „Arno und der Klapperstorch" mit knapp fünfzig Mitgliedern. Und mein Freund Paul hatte dort auch schon eine Wettrunde organisiert, in der man mit einem Einsatz von mindestens zwei Euro auf den genauen Geburtstermin tippen konnte.
Noch verwunderlicher war aber, dass Günter Siekmann dort bereits zwanzig Euro mit einer Kombi-Wette auf den Geburtstermin 24. Mai und ein geschätztes Geburtsgewicht von 3.420 Gramm platziert und öffentlich gepostet hatte, er habe diese Angaben „vom Herrn" emp-

fangen und würde im Falle eines Gewinnes davon nicht nur seinen Zehnten, sondern sogar den Zwanzigsten spenden.

(theatralische Pause)

„Was ist denn los?"
Ich schreckte hoch und musste mich erst mal orientieren. Gitti hatte gerade meinen Arm geschüttelt und fragte noch mal: „Mensch Arno, was ist denn los mit dir?"
„Ich hatte gerade einen ziemlich fiesen Traum", sagte ich, immer noch etwas benommen.
„Das habe ich wohl gemerkt. Aber warum hast du geschrien: Sie ist keine Jungfrau mehr! Sie ist keine Jungfrau mehr!?"
„Ich habe geträumt, dass du … also, dass wir ein Kind … Sag mal, bist du schwanger?"
„Quatsch! Wie kommst du denn da drauf? Also das fehlte mir ja jetzt gerade noch", sagte Gitti und lachte.
Ich war erleichtert. Alles war nur ein Traum gewesen! Trotzdem nahm ich mir vor, nach dem obligatorischen nächtlichen Gang auf die Toilette zur Sicherheit mal kurz auf dem Smartphone nachzugucken, ob es da wirklich nicht eine Gruppe namens „Arno und der Klapperstorch" gab.

Anmerkung des Autors: Bevor sich jetzt irgendwer aufregt und sagt: „Boah! Das ist ja wohl ganz mieses und unterstes Doku-Soap-Niveau. Erst wird uns erzählt, dass Gitti schwanger ist und dann – PAFF! – alles nur ein Traum! So kann man mit uns Lesern nicht umgehen!

Das hat ja wohl mit einer vernünftigen Handlung nichts mehr zu tun ..."
Leute!
Jetzt mal ganz ruhig und an folgendes denken: Hatte schon jemals irgendwas im Lowpricelighter auch nur das geringste mit einer vernünftigen Handlung zu tun? Nein? Na also!
Und hat wirklich ernsthaft jemand geglaubt, dass Gitti und Arno in ihrem hohen Alter noch Sex haben? Und dann auch noch in New York? Lächerlich!
So, und jetzt geht es einfach ohne Schwangerschaft weiter und fertig. Schließlich wird hier gelesen, was auf den Tisch kommt! Basta!
Und jetzt übergebe ich wieder an Arno ...

Dann tauchte eine neue Frau in meinem Leben auf. Sie hieß Leni Krähwitz! Nein, nicht, was Sie jetzt schon wieder denken! Meine Güte, es geht doch nicht immer nur um ... na, Sie wissen schon. Manchmal muss ich mich schon sehr wundern, wozu Ihre Gedanken fähig sind. Nee, wirklich! Sie glauben doch wohl nicht im Ernst, dass ich ... also bitte! Ich meine, nicht, dass ich mir meiner faszinierenden Wirkung auf Frauen nicht bewusst wäre, aber ich würde natürlich nie ... schon alleine aus religiösen Gründen ...

Leni Krähwitz war die neue Lobpreisleiterin unserer Gemeinde. Mir hatte natürlich wieder keiner was gesagt und so hatte ich mich wie jeden Sonntag auf eine musikalisch eher bescheidene Darbietung unserer zusammengewürfelten neuen Band eingestellt, die sich vergeblich mühte, mein musikalisches Vermächtnis fortzuführen.

Ich muss an dieser Stelle zugeben, dass ich – in aller Demut und Bescheidenheit, die ich mir trotz allem erhalten konnte – manchmal doch ganz gerne hörte, wenn jemand sagte: „Arno, schade, dass du nicht mehr den Lobpreis leitest. Wir vermissen dich." Na gut, das Wort „vermissen" hatte eigentlich noch keiner so direkt gesagt, aber so war es sicher gemeint!

Bis zu jenem Sonntag im November, als Leni die Sache übernahm. Sie stand einfach vorne, ohne dass irgendwer sie vorgestellt, geschweige denn, mich mal gefragt hätte, was ich davon halte. Dann hätte ich nämlich gesagt, dass es ja wohl nicht sein kann, dass jemand, der gerade neu in der Gemeinde ist, einfach so ohne Rücksprache mit den „Säulen der Gemeinde" – also insbesondere mit mir – den eminent wichtigen Posten der Lobpreisleiterin besetzt. Da muss man doch erst mal ein paar Jahre demütig irgendwo in der Ecke sitzen und sich bei den leitenden Mitarbeitern einschleimen, oder? Aber mich fragte ja keiner.

Leni spielte zu Beginn des Gottesdienstes mit ihrer Gitarre ein nachdenkliches Stück der christlichen Liedermacherin Shakira Chantal Brüllheimer mit dem Titel „Im Zimmer deines Lebens". Ich habe mir den Text besorgt:

Im Zimmer deines Lebens
(Untertitel: Auf die Perspektive kommt es an)
(Text und Melodie: Shakira Chantal Brüllheimer)

Wenn im Zimmer deines Lebens
eine Tür sich für dich schließt
und du immer nur vergebens
vor die Tür rennst und nichts siehst
Nur Verzweiflung, und das Hoffen
bringt dich fast um den Verstand
doch die Tür ist nicht mehr offen
sie ist zu wie eine Wand

Refrain:
Doch stell dir vor, das Zimmer deines Lebens wär ein Klo
denn dann wärst du vielleicht auch manchmal eher rich-
tig froh
dass du die Tür ganz fest verschlossen und verriegelt
weißt
denn es ist schön, wenn man in Ruhe und in Frieden ...
Schallalala, schallala

Da unser Pastor Hosea zu einer internationalen Konferenz nach Tatschmudistan geflogen war, hatten wir einen
amerikanischen Gastprediger aus Nipplegate zu Besuch.
Eigentlich hatte der Leiter der dortigen Bibelschule, Guss
Treetis, persönlich kommen wollen, aber der hatte wohl
Probleme mit dem Magen. Deshalb hatte er seinen Ver-
treter Hugh Gentshoots geschickt. Und der hatte in sei-

ner Predigt über das Thema „Die fünfzig häufigsten Sünden und wie wir sie vermeiden können" gesprochen.

Nachdem er gerade Sünde Nummer vier angesprochen hatte, nämlich: „Männer sollen nicht ständig an weibliche Brüste denken", ließ meine Konzentration erheblich nach, weil ich jetzt die ganze Zeit an Brüste denken musste. Darf man sich eigentlich während einer solchen Predigt das Wortspiel „NoTitsBlog" ausdenken? Wahrscheinlich nicht. Aber ich muss zugeben, dass ich lachen musste, als es mir eingefallen war. Und das ausgerechnet, als Hugh bei Sünde Nummer sechs „Männer sollen Frauen nicht auf den Hintern gucken!" direkt in meine Richtung schaute. Ich konnte mich zwar weiterhin nicht auf das konzentrieren, was er sagte, aber ich versuchte, möglichst ernst zu gucken und nicht weiter an weibliche Körperteile zu denken. Es war nicht leicht, aber irgendwo zwischen Sünde 26 und Sünde 49 gelang mir wenigstens die gedankliche Ablenkung mit Fußball. War der Elfmeter für die Bayern am Samstag wirklich berechtigt gewesen? Klar, das Foul war zwar ungefähr fünf Meter außerhalb des Strafraums passiert, und eigentlich war es ja auch gar kein Foul, denn der Gegenspieler hatte den Robben nicht berührt, aber ich fand: Man kann ihn geben!

∎∎∎∎∎∎∎

Zum Ende der Predigt klinkte ich mich rechtzeitig für Sünde Nummer 50 wieder ins Thema ein: „Unangebrachte Gedanken während einer Predigt!" Na gut, also damit habe ich nun wirklich kein Problem.

Wenn ein freikirchlicher Prediger endlich das „Amen" gesagt hat, um das Ende seiner Predigt zu bekräftigen, dann ist noch lange nicht Schluss. So war es auch bei Hugh Gentshoots. Er fasste zunächst seine Kernaussagen noch mal zusammen (als wenn man vorher nicht zugehört hätte … Gut, hatte ich ja auch nicht, aber egal) und dann forderte er uns auf: „Wir wollen jetzt gleich ein Lied singen und ich bedanke mich bei eurer wunderbaren Lobpreisleiterin …"

Ja, ja, is' ja gut. Man muss nun wirklich diese frommen Musiker nicht auch noch zu sehr loben, die werden doch nur arrogant!

„… und ich möchte euch ausnahmsweise bitten, beim Lied nicht aufzustehen, sondern sitzen zu bleiben …"

Was soll das denn jetzt? Jahrzehntelang hatte ich dafür gekämpft, dass diese müde Truppe beim Singen aufsteht – und jetzt wieder „Kommando zurück"?

„… wenn jemand von euch eine oder mehrere der aufgezählten Sünden bekennen möchte, dann soll er während des Liedes einfach von seinem Platz aufstehen, um ein Zeichen zu geben."

Toller Vorschlag! Ich meine, mal angenommen, ich würde aufstehen, dann denkt doch wieder jeder: Der Arno hat doch bestimmt die ganze Zeit nur Sünde Nummer vier begangen – also an Brüste gedacht!

Nee, das könnt ihr vergessen. Andererseits: Wenn alle anderen aufstehen, dann wäre es natürlich auch wieder blöd, sitzen zu bleiben. Denn dann wüsste jeder: Alle anderen sind mutig und ehrlich, aber der Arno ist feige, obwohl er natürlich trotzdem die ganze Zeit nur an Brüste gedacht hat! Schwierige Sache. Egal! Ich entschied mich dafür, mich jetzt einfach mal nicht angesprochen zu fühlen und die Sache im wahrsten Sinne des Wortes auszusitzen.

Leni begann mit ihrem Lied:

Wer dich Sünder kennt, der wüsste längst,
dass du immer nur an Brüste denkst ...

Ganz toll! Ich hätte als Lobpreisleiter da ja ein neutraleres Lied genommen, etwa „Gott liebt uns Männer, wie wir sind" oder etwas Ähnliches.
Einige Mitglieder der Gemeinde waren während des Liedes aufgestanden, Günter Siekmann hatte sich sogar auf seinen Stuhl gestellt. Mittlerweile wunderte sich niemand mehr über seine Merkwürdigkeiten, aber er erklärte sie dennoch nach Abschluss des Liedes in einem spontanen Gebet. Zunächst dankte er umfassend dafür, dass seine „Heiligung" kurz vor der Vollendung stehe und er bei neunundvierzig der aufgezählten fünfzig Sünden überhaupt keine Probleme habe. Allerdings müsse und wolle er freimütig bekennen, dass er trotz aller geistlichen Reife in einem kurzen Moment der Anfechtung während des Liedes „Wir sehen und staunen" einer Schwester aus der Gemeinde auf den Po geguckt habe, bevor er seine Augen wieder ordnungsgemäß auf den vor ihm stehenden Hintern von Karl Pfahl richtete. Er schloss sein Gebet mit den Worten: „Herr, ich erlaube mir in aller Demut in diesem Zusammenhang die Bemerkung, dass diese Sache bestimmt nicht passiert wäre, wenn du mir endlich die Gehilfin zuführen würdest, die du für mich reserviert hast! Amen!"
Ich bin kein Experte, aber nach meiner Einschätzung erhöhten solche Formulierungen wie „Gehilfin zuführen" oder „Frau reservieren" nicht unbedingt die Wahrschein-

lichkeit, dass Günter auf seine alten Tage doch noch dem Zölibat entkommt.

Bruder Gentshoots beendete kurz danach endlich den Gottesdienst mit dem Abschlussgebet, einer nochmaligen Zusammenfassung seiner Predigtinhalte, dem Hinweis auf die Möglichkeit des seelsorgerlichen Gesprächs nach dem Gottesdienst, einem weiteren Lied mit sieben Strophen und der Ansage, dass er am Büchertisch zu finden sei, wo man auch sein Buch „250 BASICS TO GET HOLY" kaufen könne.

Ich bekam anschließend mit, wie Günter sich gegenüber Martha Pfahl rechtfertigen musste. Die war nämlich angesichts der Tatsache, dass sie schräg vor ihm gestanden hatte, der Meinung, sie sei die in seinem Gebet erwähnte Frau gewesen, auf deren Po er gestarrt habe. Seine Bemerkung: „Also, der dicke Hintern einer Achtzigjährigen ist nun wirklich kein Problem für mich ..." half da auch nicht so richtig weiter, denn Marthas Ehemann Karl drohte Günter an, ihm trotz seines fortgeschrittenen Alters den Rollator über den Schädel zu ziehen, falls Günter noch einmal entweder auf Marthas oder auf Karls Hintern gucken würde. Und Karl behauptete aufgeregt, er würde das mit seinem neuen Hörgerät ganz genau sehen. Den Rest dieses Streits konnte ich leider nicht mehr verfolgen, weil unsere neue Lobpreisleiterin Leni Krähwitz auf mich zukam und mir eine folgenreiche Frage stellte.

■■■■■■■

„Sag mal, bist du der Arno, der hier in der Gemeinde so viele Jahre den Lobpreis geleitet hat?"

Ich sagte: „Ja, sieht man mir das an?" Wir lachten beide über diesen äußerst gelungenen Scherz.

„Nee, aber die Beschreibung von Hosea passte ja ganz gut: grauhaarig, Brille und wahrscheinlich schwarzes Hemd, um das Übergewicht zu kaschieren ..."

Jetzt lachte nur noch Leni. Das hatte unser Pastor Hosea also über mich gesagt? Na warte, Freundchen, komm du mal von deiner Konferenz zurück ... Und außerdem kaschiere ich mein Übergewicht nicht, sondern ich trage einfach gerne schwarze Hemden, weil die cool sind ... weil ICH cool bin!

„Hosea fand es sehr schade, dass du deinen Musikdienst beendet hast. Das hat er mir mehrfach erzählt, wenn wir telefoniert haben ..."

Wieso telefoniert unser lediger Pastor mit einer jungen Frau? Ich dachte, der ist Pastor und konzentriert sich auf ... na ja, dieses ganze Zeugs, was Pastoren eben so jeden Tag machen.

Leni fuhr fort: „... und er hat mich ja dann auch überredet, zu euch nach Todtenhausen zu kommen und die Lobpreisleitung zu übernehmen. Und genau aus diesem Grund hätte ich eine große Bitte an dich ..."

Ich bin ja für meine Demut und Bescheidenheit bekannt und erwarte grundsätzlich keine Lobeshymnen. In diesem Fall ging ich jedoch davon aus, dass diese musikalisch durchaus talentierte junge Frau nach einem erfahrenen Lehrer, einem väterlichen Freund suchte, und vermutlich auch ein bisschen verknallt in mich war.

„Du hast den Lobpreisdienst hier so viele Jahre so toll geleitet. Ich würde mich einfach freuen, wenn du uns in der Anfangszeit noch etwas unterstützen könntest ...

wenn du … nun ja, wenn du als erfahrener Lehrer mich wie ein väterlicher Freund unterstützen könntest. Ich bin total verliebt …"

Au Backe, sie sagt es wirklich!

„Ich bin total verliebt in Jesus und möchte ihm die Ehre geben."

Ach so … na ja … gut. Das ist auch okay.

Am Nachmittag saßen Gitti und ich im Wohnzimmer und tranken Tee. „Ich hätte da mal eine Frage", sagte sie. „Glaubst du wirklich, dass es eine gute Idee ist, wenn du wieder im Lobpreisteam rumwurschtelst? Bist du sicher, dass du dieser Leni da nicht gleich wieder viel zu sehr reinreden wirst und letztlich alles durcheinanderbringst?"

Ich nippte an meinem Egali-Tee und antwortete mit einer ironischen Gegenfrage: „Kann es sein, dass du nur ein bisschen eifersüchtig bist, wenn ich mit jungen Frauen Musik mache?"

Gitti lachte. „Nee, da habe ich keine Sorge. Ihr alten Männer kriegt es zwar immer noch nicht hin, mit uns Frauen normal umzugehen, ohne uns ständig auf bestimmte Körperteile zu glotzen. Aber wenn ihr zu Hause ein Schnitzel kriegen könnt, dann ist euch doch alles andere egal."

Schnitzel! Sie hatte SCHNITZEL gesagt! So ein wunderbares Schnitzel mit dieser herrlichen Pilzsoße von Gitti. Wunderbar! Ach, ich liebe sie … diese Schnitzel!

3. Zimmersuche

Kennen Sie das Gefühl, wenn die Verantwortlichen ungefähr 6.000 Kilometer entfernt sind und Sie trotzdem die Schuld an allem kriegen? Kennen Sie diesen Moment der Hoffnung, wenn Sie von einem sehr anstrengenden Arbeitstag nach Hause kommen und sich wünschen, dass es keine Steckrübensuppe (würg!) gibt, sondern vielleicht ein leckeres Schnitzel mit Pilzen und Rosenkohl? Und dann sehen Sie Ihre Frau … und alle Hoffnung ist verflogen? Kennen Sie das?

Gut, es gab zwar keine Steckrübensuppe (würg!), aber Gitti hatte beschlossen, meine Cholesterinwerte mit einem Sellerie-Smoothie (doppel-würg!) und einem Teller Grünkern-Medaillons (wühürg!) zu senken. Und außerdem empfing sie mich ohne Begrüßung mit den Worten: „Die spinnen doch!"

Ich hoffte einen Moment lang, sie meinte damit die Vegetarier und Veganer, die für solche Schweinereien wie Sellerie-Smoothies und Grünkern-Medaillons verantwortlich sind. Und ich wollte deshalb schon sagen: „Komm, lass uns zum Griechen fahren und dieses Gebratze in die Biotonne schütten." Aber sie meinte leider nicht das glibberige Öko-Ensemble auf meinem Teller oder die Veganer, sondern unsere Tochter und den lieben Herrn Schwiegersohn.

„Manchmal frage ich mich, was in unserer Familie falsch läuft!" sagte Gitti ärgerlich. Ich verkniff mir in diesem Zusammenhang den Hinweis auf Mahlzeiten mit Sellerie-Smoothies. Als Mann muss man auch mal wissen, wann es besser ist zu schweigen. Wobei es ja eigentlich fast immer besser ist zu schweigen. Nur manchmal nicht, denn hin und wieder wollen Frauen ja auch, dass wir so tun, als würden wir sie verstehen.

Gitti sah mich vorwurfsvoll an und meinte: „Dir ist das natürlich wieder alles egal!"

Ich hatte doch noch gar nichts gemacht, außer zum falschen Zeitpunkt nach Hause zu kommen ...

Manche Leser denken jetzt bestimmt wieder, dass der blöde Arno und die blöde Gitti sich gleich wieder anzicken und dass die ja sowieso ihre Ehe nicht in den Griff kriegen, obwohl sie als Christen natürlich in einem wogenden Meer der Harmonie und Einheit gemeinsam dem Sonnenuntergang entgegen treiben und eine triefend schöne Ehe führen müssten. An dieser Stelle möchte ich deshalb zur Sicherheit erwähnen, dass Gitti und ich grundsätzlich eine sehr vorbildliche Ehe haben und manchmal sogar christliche Maßstäbe einfließen lassen. JAHA! Meist halten wir es nämlich sehr lange aus, ohne uns zu streiten, gelegentlich sogar mehrere Stunden.

SO! Und deshalb möbele ich unser weiteres Gespräch jetzt etwas auf:

„Entschuldige, Schatz!" sagte ich. „Die Arbeit war heute ziemlich nervig und deshalb habe ich dir nicht die nötige Aufmerksamkeit gewidmet. Es tut mir leid."

„Nein, ich muss mich entschuldigen", antwortete Gitti. „Ich hätte dich nicht so unsensibel empfangen sollen, denn du hattest natürlich wie immer einen schweren Tag. Da ich ja nur halbtags im Krankenhaus arbeite und nebenbei die paar lächerlichen Tätigkeiten im Haushalt erledige, ist mir das manchmal einfach nicht bewusst, wie groß deine Belastung ist. Ich hole jetzt erstmal den Teller mit Frikadellen aus dem Ofen, den ich extra für dich noch gemacht habe. Und wenn du dann danach nicht mehr reden sondern nur noch Fußball gucken willst, dann ist das okay und ich setze mich ganz still daneben und hole dir dein Bier."

„Das ist toll. Aber da ich dich liebe und mir wichtig ist, was dich bewegt, möchte ich jetzt gerne alles wissen, was dich heute so aufgeregt hat. Denn als dein Ehemann ist es mir ein Anliegen, dass es dir gut geht. Und dafür stelle ich selbstverständlich meine Erschöpfung und Müdigkeit zurück und nehme auch keine Rücksicht auf meine Gesundheit. Deine Probleme sind IMMER auch meine Probleme."

„Danke, mein Liebster. Aber das hat keine Eile! Jetzt sollst du erstmal in Ruhe essen, und danach lass uns Sex haben und dann sehen wir weiter."

„Gut! So machen wir das."

Noch Fragen? Es ist in Wirklichkeit zwar nicht ganz so abgelaufen, aber egal.

Gitti erzählte mir dann, dass Steffi sich aus New Jersey gemeldet und dabei angekündigt hatte, dass sie zur Hochzeit im Frühjahr nicht nur mit Aaron, sondern mit zweiunddreißig (!) weiteren Bibelschülern aus den USA anreisen würde, weil irgendwer von denen über gute Beziehungen zu einer Fluggesellschaft aus Tatschmudistan verfügte und deshalb extrem günstige Tickets besorgen konnte. Und unsere geliebte Tochter war der Meinung, dass Brauteltern in einer solchen Situation die Aufgabe haben, die ganze Truppe für eine Woche zu beherbergen.

Ich stimmte meiner Frau zu und sagte: „Die spinnen ja wohl wirklich! Zweiunddreißig Leute plus Brautpaar! Wo sollen wir die denn alle hinpacken? Klar, Bibelschüler kann man auch für ein paar Tage in den Garten legen, aber trotzdem!"

Gut, dass wir bis dahin noch einige Monate Zeit hatten, um eine Lösung zu finden. Als erste Maßnahme rief ich unseren Pastor Hosea an und schlug ihm vor, er solle eine Predigtreihe zum Thema „Gastfreundschaft in der Gemeinde" halten.

■■■■■■■

Apropos Gemeinde! Ich hatte ja unserer neuen Lobpreisleiterin, Leni Krähwitz, meine Hilfe angeboten. Wir hatten vereinbart, dass ich nach den Gottesdiensten konstruktive Kritik übe und ihr sage, was sie besser machen kann. Nun, ich bin ja kein Klugscheißer (nein, bin ich nicht!) und hatte mir deshalb natürlich vorgenommen, in diesem Punkt zurückhaltend zu sein und Gnade mit ihr und ihrem Team walten zu lassen und deshalb wirklich nur die gröbsten Fehler anzusprechen.

Am ersten Sonntag waren es siebenundvierzig!

Nachdem ich ihr meine Liste gegeben hatte, versuchte ich noch einige Erklärungen hinzuzufügen: „Selbstverständlich kann man bei dem Lied ‚Frei durch Gnade' erst zweimal die Strophe, dann einmal den Refrain, dann wieder einmal die Strophe und anschließend dreimal den Refrain singen. Aber eigentlich wäre es natürlich viel besser und vor allem viel GESALBTER, wenn man gleich mit dem Refrain anfängt. Und dann ohne Instrumente in die Strophe rübergleiten und wenn du dabei noch beim Gesang diesen leicht weinerlichen und ergriffenen Tonfall hinkriegst, den man immer auf diesen Worship-Alben hört … Eigentlich musst du dann nur noch ab und zu die Augen schließen, und schon denken alle, du wärst gerade ziemlich ergriffen und geistlich erstklassig unterwegs …"

„Aber ich bin ja auch tatsächlich ergriffen, wenn ich Jesus anbete!" protestierte Leni.

„Is' schon klar", antwortete ich. „Aber du musst eben davon ausgehen, dass gewöhnliche Gemeindemitglieder überhaupt keine Ahnung vom Lobpreis haben. Ich meine, als ich damals so jung war wie du, mussten wir denen hier erstmal beibringen, dass sie gefälligst beim Lobpreis aufstehen sollen. Da haben wir vor dem ersten Lied die Stühle eingesammelt."

„Aber das ist doch nicht entscheidend, ob ich aufstehe oder sitzen bleibe. Ich denke, die Herzenshaltung ist entscheidend."

„Nicht bei mir, Leni … NICHT! … BEI! … MIR!" sagte ich und schaute sie sehr ernsthaft an. Die Kleine musste noch viel lernen.

„Aber apropos Herzenshaltung …" Mir war in diesem Moment eingefallen, dass Gitti und ich mal in der Gemeinde rumfragen wollten, wer einige der amerikanischen Bibelschüler für die Hochzeit aufnehmen konnte.

„Wichtig für die Herzenshaltung ist ja auch unsere Güte zu den Menschen und in diesem Zusammenhang auch unsere Gastfreundschaft. Du hast nicht zufällig in deiner Wohnung Platz genug, um so etwa zwölf Bibelschüler aus den USA für ein paar Tage bei dir unterzubringen?"

Leni sah mich so überrascht an, als hätte ich ihr gerade gesagt, dass sie in Zukunft den Lobpreis im Bikini leiten soll (Meine Güte, es ist nur ein Beispiel für etwas völlig abwegiges. Kein Grund, sich schon wieder in unzüchtigen Gedanken zu verlieren ... Reißen Sie sich doch mal zusammen!)

„Zwölf Bibelschüler?" fragte sie. „Aus den USA? ... Bei mir?"

„Elf würden ja auch reichen ...", sagte ich und fügte hinzu, dass man als Lobpreisleiter natürlich ein besonders offenes Haus haben sollte, aber wenn sie in diesem Punkt geistlich noch nicht so weit sei ...

Leni erklärte mir, dass sie selbstverständlich gerne Menschen bei sich aufnimmt, aber immer noch auf Wohnungssuche sei und deshalb momentan vorübergehend bei ihrer Großtante wohne. Und da die alte Tante sehr schreckhaft und gesundheitlich angeschlagen sei, dürfe sie auf gar keinen Fall mit Bibelschülern in Kontakt kommen.

∎∎∎∎∎∎∎

Wer fällt einem sofort ein, wenn die Stichworte „junge Frau" und „Wohnungssuche" fallen? Richtig! Im nächsten Moment stand Günter Siekmann neben uns, als sei er gerade vom Himmel gefallen. Er sprach Leni an:

„Wenn du eine Wohnung suchst, dann kann ich dir gerne behilflich sein, denn zufällig habe ich einen kleinen Teil meines vom Herrn anvertrauten Geldes in eine Eigentumswohnung mit Blick auf den Harz investiert!"

„Blick auf den Harz?" mischte ich mich ein. „Der Harz ist 150 km entfernt!" „Mit meinem Fernrohr kann ich im Glauben sogar die Chinesische Mauer sehen, weil die Erde ja eine Scheibe ist!" behauptete Günter. Ich hatte mir abgewöhnt, solchen Blödsinn mit ihm zu diskutieren und wollte mir in diesem Zusammenhang auch nicht ausmalen, was er mit seinem Fernrohr noch so alles beobachten konnte. Manchmal wirkte er tatsächlich so, als sei er vom Himmel gefallen, allerdings mit einer etwas zu harten Landung.

Leni war ebenfalls clever genug, das Angebot von Günter abzulehnen und sich dann von uns zu verabschieden. Aber da ich natürlich auch nicht auf dem Baum schlafe, nutzte ich diese Gelegenheit anschließend für eine Rückfrage bei Günter: „Wenn du eine Eigentumswohnung hast, dann könntest du da doch bestimmt auch problemlos für einige Tage im Mai so ungefähr zweiunddreißig Bibelschüler unterbringen, oder?" Günter Siekmann wäre nicht Günter Siekmann, wenn er auf so eine Frage mit einem einfachen „Ja" oder „Nein" geantwortet hätte. Er faltete die Hände vor seiner Nase und schaute in die Ferne, als erwarte er von dort ein himmlisches Signal.

„Ich muss es prüfen!" sagte er dann wichtig. „Der Herr hat neulich zu mir gesprochen, dass diese Eigentumswohnung eine bedeutende Rolle bei der Zuführung meiner Gefährtin spielt, die er in seiner Gnade für mich erwählt hat und deshalb will ich sie rein und unbefleckt halten." Ich wusste nicht so ganz, ob der letzte Halbsatz mit „rein und unbefleckt" jetzt auf die zukünftige Frau oder eher die Eigentumswohnung bezogen war, aber ich wollte auch nicht weiter nachfragen.

Günter erklärte gerade das, was jeder von uns seit vielen Jahren wusste, nämlich dass er auf der Suche nach einer Frau war. Und Schuld daran, dass er noch keine gefunden hatte, war seiner Meinung nach nicht etwa er selbst mit seinen völlig bekloppten Verhaltensweisen und Vorstellungen, sondern: Der böse Feind!

„Aber ich weiß, dass der Widerstand des Feindes in diesem Punkt gebrochen ist", redete er sich in Rage und bewegte dabei seine Fäuste immer auf und ab, als würde er auf jemand einschlagen. „Und weißt du, warum ich diese Gewissheit ganz tief in meinem Herzen trage?"
Nein, wusste ich nicht! Wollte ich aber auch gar nicht wissen.
Günter war jedoch wie immer nicht zu bremsen und redete weiter: „Nachdem ich neulich dem Herrn mein Leid geklagt hatte, sprach er zu mir ..." Günter schaute mich an, als erwarte er irgendeine Reaktion oder Rückfrage meinerseits, aber da konnte er lange warten. Denn schließlich stand ich hier nur noch, weil die geringe Chance bestand, zweiunddreißig Bibelschüler in seiner Wohnung unterzubringen.
„Er sprach zu mir!", wiederholte Günter bedeutungsvoll. „Und zwar durch einen Glückskeks im Chinarestaurant ‚Lotah Ko Seh'. Und weißt du, was dort stand?"
Natürlich wusste ich es nicht. Und ich wollte es auch nicht wissen, aber um endlich aus der Sache raus zu kommen, sagte ich: „Vielleicht so ein Spruch wie: Wenn du das hier liest und mich aus dieser Glückskeksfabrik befreist, dann darfst du mich heiraten!"
Günter sah mich mit seinem fassungslosen Charismatikerblick an, der deutlich machte, dass er nicht nur den Witz wie immer nicht verstanden hatte, sondern auch wegen meiner unqualifizierten Äußerung die dringende Notwendigkeit eines Befreiungsgebetes in Betracht zog. Aber ich war lange genug dabei, um immer einen Stuhl zwischen Günter und mir zu platzieren, damit er mir nicht überfallartig die Hände auflegen konnte.

Dann war ihm jedoch seine Geschichte wieder wichtiger und er berichtete von der Nachricht im Glückskeks: „Nein, da stand: *Wenn die Blätter der Bäume vom Wind bewegt werden und der Abendregen auf das trockene Land fällt, dann schau aufs Meer hinaus und denke daran, dass du grünen Tee nur kochen kannst, wenn du einen Topf hast ...*"

Muss ein ziemlich großer Keks gewesen sein, dachte ich. Günter war jetzt völlig aufgeregt, gestikulierte wild mit den Händen und rief: „Verstehst du, Arno? Der grüne Tee! Das ist SIE!"

Nein, ich verstand es nicht. Und ich wollte auch nicht mehr weiter nachfragen, was eine Frau mit grünem Tee zu tun hat oder umgekehrt. Und mir war mittlerweile auch egal, ob diese zweiunddreißig Bibelschüler bei Günter pennen können oder bei uns in der Garage. Ich wollte nur noch weg und sagte deshalb: „Apropos grüner Tee! Meine Mischung wartet da hinten schon auf mich und fährt gleich alleine nach Hause, wenn ich jetzt nicht gehe ..." Günter laberte noch irgendwas davon, dass Gott gar nicht vorgesehen hat, dass Frauen überhaupt Auto fahren und er könne das biblisch einwandfrei belegen, aber ich ließ ihn stehen.

■■■■■■■

Auf dem Heimweg erzählte Gitti, dass sie mit Hannelore Burmann, Mira Kellwipp, Judith Ohl-Formie und Vera Kruhs die Unterbringung von immerhin sechzehn Bibelschülern geregelt hatte. Einziger Wermutstropfen: Wir mussten im Februar im Gegenzug die demente Oma von Kellwipps für eine Woche bei uns aufnehmen, weil der

Rest der Familie in den Urlaub fahren wollte. Ich verstand nicht so ganz, wieso Gitti sich diesen Pflegefall an Land gezogen hatte, aber: Sie ist die Krankenschwester und kann sich dann auch gefälligst alleine um die pflegebedürftige Oma kümmern.

Andererseits war ich auch ein bisschen stolz auf sie, denn im Gegensatz zu mir hatte sie innerhalb kürzester Zeit für die Hälfte der Bibelschüler die Übernachtungsplätze klargemacht. Ich stand dadurch zwar ein bisschen wie der Idiot da, weil meine eigenen Bemühungen völlig schiefgegangen waren. Aber diese – ich nenne sie mal – haushaltsnahen Sachen, die liegen doch den Frauen auch sowieso einfach besser als uns.

■■■■■■■

Nach meinen Gesprächen am Vormittag wollte ich jedoch noch einer sehr bedeutenden geistlichen Frage auf den Grund gehen. Da wir mit unseren alten Freunden Wolfgang und Elke Holbein verabredet waren, überredete ich die anderen zu einem Abendessen im berühmten Chinarestaurant „Lotah Ko Seh".

„Glaubt ihr, dass Gott manchmal durch Glückskekse spricht?" fragte ich, nachdem wir unsere Bestellung aufgegeben hatten.

„Wie kommst du denn da jetzt drauf?" fragte Elke, als ob diese Frage völlig bescheuert wäre.

„Also die Frage ist doch wieder völlig bescheuert!" sagte Gitti. Aber Wolfgang kam mir glücklicherweise mit einer Bemerkung zu Hilfe: „Theologisch interessant!"

Bevor wir jedoch weiter darauf eingehen konnten, wurden wir von der chinesischen Kellnerin unterbrochen, die das Essen servieren wollte und mit dem typischen fernöstlichen Singsang fragte: „Wea hat bestellt Tschikken-Platte mit Mango?"

„Ist das die mit der Hill Song Soße?" fragte Elke.

„Nääääh, is mit Mango!"

„Ich hatte die vierundneunzig!" sagte ich hoffnungsvoll, denn ich hatte einen riesigen Hunger.

„Habbick nock Suppe zwei!"

„Diese scharfe mit den Pilzen?" fragte Gitti.

„Nääääh, is mit Suppe!"

„Ich hatte die vierundneunzig!"

„Viehneuzig komme gleich. Habbe ick nock Blatnudeln mit Köllihuhn."

Keiner reagierte. Sie wiederholte:

„Blatnudeln mit Köllihuhn!"

Wieder keine Reaktion. Die Kellnerin wurde deshalb etwas lauter: „BLATNUDELN MIT KÖLLIHUUUUUHN!"

„Hattest du das nicht, Wolfgang?" fragte Elke.

Wolfgang: „Nein, ich hatte Curry-Huhn!"

Elke: „Ja, das wird das doch sein, oder?"

Kellnerin: „Ja, isse mit Kölli!"

Wolfgang: „Ach, Curry!"

Kellnerin: „Ja, Kölli!"

Wolfgang: „Hm, aber ich hatte das Curry-Huhn eigentlich ohne Curry bestellt. Und statt Huhn wollte ich Thunfisch."

Die Kellnerin schaute ihn etwas hilflos an und hielt ihm den Teller trotzdem hin. Ich meine, wie bräsig muss man sein, wenn man ein Curry-Huhn ohne Curry und ohne Huhn bestellt?

Ich befürchtete schon, dass sich mein Essen dadurch weiter verzögern würde, aber glücklicherweise sagte Wolfgang: „Ach egal. Geben Sie her. Wäre ja schade, wenn das weggeworfen würde." Als wenn in einem chinesischen Restaurant irgendwas weggeworfen würde! Das Curryhuhn hätte doch spätestens am nächsten Tag auf Frühlingsrolle umgeschult. Die Kellnerin blickte freundlich in die Runde und wünschte uns einen guten Appetit.

„Fehlt eigentlich nur noch die vierundneunzig, wenn ich das richtig sehe!" sagte ich etwas genervt.

„Mussick flage. Abe komme snell wiedaaah. Habe sons nock eine Wunsch?"

„Ich hätte gerne noch ein alkoholfreies Weizen!" quakte Wolfgang dazwischen.

„Und ich bitte noch einen Magareh-Tee!" sagte Gitti.

„Und ich hätte jetzt erstmal gerne meine Nummer vierundneunzig, bevor das in Vergessenheit gerät!"

■■■■■■■

Zehn Minuten später hatte die Kellnerin zwar die Getränke gebracht, aber ich wartete immer noch. Denn leider hatte sich herausgestellt, dass der Koch statt Nummer vierundneunzig die Nummer neunundvierzig zubereitet hatte. Und das war „Rinderhirn mit Niereneintopf und Erdbeeren" und deshalb hatte ich den Teller doch lieber zurückgehen lassen. Ich mag keine Erdbeeren.

Wolfgang hatte mittlerweile sein drittes Bier bestellt, während ich nur meinen gröbsten Hunger mit ein paar Löffeln Suppe stillen konnte, die Gitti mir gnädigerweise überließ, weil ich vorher damit gedroht hatte, mit Glückskeksen um mich zu werfen.

Apropos Glückskekse! Wir hatten uns in unserer Diskussion zu diesem Thema darauf geeinigt, dass man als Christ zwar grundsätzlich in allen Dingen auch mit dem

Reden Gottes rechnen sollte, also theoretisch auch durch Glückskekse. Aber selbstverständlich sollte ein Christ den Willen Gottes für sein Leben in allererster Linie von der Bibel abhängig machen und nicht von irgendwelchen merkwürdigen Weisheiten, die wir dann in unsere Vorstellungen pressen.

Irgendwann bekam ich dann doch noch meine Nummer vierundneunzig: Jägerschnitzel mit Pommes! Und wir lachten uns halb schlapp, als die Kellnerin nach unserem Gespräch noch ein paar Glückskekse überreichte.

Ich meine, wer an so einen Quatsch glaubt, dem ist doch nicht mehr zu helfen … Mal ehrlich, mein Spruch:

Wenn du glaubst, du hast es schwerer als andere, dann schau in den Spiegel und bedenke, dass die anderen diesen Anblick die ganze Zeit ertragen müssen.

(altes genetisches Sprichwort)

… also, das hat doch nichts mit mir zu tun … Null!

4. Das wahre Leben

Wir waren gerade vom Chinarestaurant nach Hause gekommen und hatten uns darauf geeinigt, den Sonntagabend zu beenden, wie es sich für ein gutes Ehepaar gehört. Also wollte Gitti schonmal ins Bett gehen und ich noch kurz „Sport im Dritten" gucken.

Dann stellte ich jedoch fest, dass wir gleich zwölf Nachrichten auf dem Anrufbeantworter hatten. Die erste kam von unserem Nachbarn Watermeier, der darauf hinwies, dass die Katze von Familie Brinkmann durch unseren Garten gelaufen sei und er zur Verhinderung eines illegalen Übertritts auf sein Grundstück mit einigen Euromünzen nach ihr geworfen habe, weil er gerade nichts anderes zur Hand hatte. Und er ginge selbstverständlich davon aus, dass wir ihm diese etwa dreißig Münzen zurückgeben würden, zumal uns ja unsere „komische Kirchengruppe" wohl hoffentlich zur Ehrlichkeit dressiert hätte.

Ich wollte mich gerade fragen, wie krank man eigentlich sein muss, wenn man mit Geld auf Katzen wirft (statt wie jeder vernünftige Mensch dafür normale Unterlegscheiben aus Metall zu nehmen ...), aber da wurde schon die zweite Nachricht abgespielt, diesmal von Inge Adler. Sie sagte: „Wird das jetzt auch schon aufgezeichnet? ... War dieser Piepton jetzt schon der Piepton, oder kommt da noch ein anderer Piepton, nach dem man sprechen soll? Oder nee, ... nee da kommt kein Piepton mehr. Ich ... ach, ich fange einfach an. Also, hier spricht Inge Adler. Hallo Gitti und Arno. Leider habe ich keine gute Nachricht. Unser Siggi wurde heute ins Krankenhaus eingeliefert und es soll nicht gut aussehen mit ihm. Verdacht auf Schlaganfall. Bitte denkt im Gebet an ihn."

Siggi? Mein Kumpel Siggi, der mich viele Jahre musikalisch am Bass unterstützt hatte, war ernsthaft krank? Statt zu beten, hörte ich erstmal die anderen Nachrichten, die sich mit einer Ausnahme auch mit Siggis Erkrankung beschäftigten und von verschiedenen Gemeindemitgliedern stammten. Unter anderem war auch eine Meldung von Günter Siekmann dabei, der behauptete, die Krankheit sei eine Strafe dafür, dass Siggi in den letzten Monaten nur an achtzehn von einundzwanzig Gottesdiensten teilgenommen und außerdem Günters Anfrage nach einer musikalischen Begleitung für sein Projekt PSI (Prophet Siekmann International) mit den Worten „Ich bin doch nicht bescheuert" abgelehnt habe. Diesen Siekmann hätte ich in diesem Moment würgen können.

Die letzte Nachricht auf dem Anrufbeantworter kam dann wieder von unserem Nachbarn Watermeier, der uns mitteilte, wir sollten uns nicht wundern, wenn wir in unserem Garten einige Brandflecken von Molotow-Cocktails finden, aber dieser Katzenplage sei ja nun mal nicht anders beizukommen.

Gitti war ebenfalls geschockt von den schlimmen Neuigkeiten in Bezug auf Siggi. „Wir sollten für ihn beten!" sagte sie. „Ja, das sollten wir", antwortete ich und starrte ins Leere.

Ich weiß, als langjähriger Christ und ehemaliger Gemeindeleiter sollte man in der Lage sein, spontan ein halbwegs souveränes Gebet zu sprechen. Möglichst noch mit ein paar passenden Bibelstellen ergänzt, um Gott davon zu überzeugen, dass er gar nicht anders kann, als dieses

Gebet unverzüglich zu erhören. Aber erstens fiel mir in diesem Moment nichts gescheites ein und zweitens spürte ich wegen der Sorge um Siggi einen ziemlich dicken Kloß im Hals und befürchtete, dass ich während des Gebets anfangen muss zu heulen.

„Bete du", sagte ich deshalb zu Gitti. „Du kannst das besser!" Sie schaute mich an und ich wusste genau, was sie dachte. Das mag Sie jetzt verwirren, denn normalerweise wissen Männer NIE, was Frauen denken. Schon gar nicht, was ihre eigenen Ehefrauen denken. Aber in diesem Moment wusste ich es:

Mensch, Arno, es geht doch beim Beten nicht um besser oder schlechter. Es geht nicht um die Wahl der richtigen Worte. Es geht nicht darum, ob ich irgendwas falsches sage, das dann dazu führt, dass Gott dieses Gebet aus formellen Gründen verwerfen könnte. Und es geht auch nicht darum, ihn mit irgendwelchen tollen Argumenten davon zu überzeugen, seine Pläne zu ändern. Es geht einfach nur darum, ihm unsere Sorge und Not zu bringen.

Das dachte sie. Und sie hatte natürlich Recht. Aber sie sagte nichts dazu, sondern begann einfach mit ihrem Gebet:

„Herr Jesus, wir wissen nicht genau, wie es unserem Freund Siggi jetzt geht, aber wir wissen, dass er in deiner Hand ist. Und wir dürfen auch wissen, dass du bei ihm bist, egal was noch passiert ..." An dieser Stelle brach ihr die Stimme, aber im Gegensatz zu mir hatte sie kein Problem mit ihren Tränen und sprach einfach trotzdem weiter: „Herr, nach allem, was wir gehört haben, handelt es sich wohl um einen Apoplex ..." Typisch Krankenschwester, dachte ich und ergänzte: „Ein Apoplex ist ein Schlaganfall, Jesus!"

Im nächsten Moment wurde mir schlagartig bewusst, dass man beim allmächtigen und allwissenden Gott wohl davon ausgehen konnte, dass er das auch ohne meinen Hinweis gewusst hätte. Ich betete deshalb: „Äh, tschuldigung, Jesus. Du weißt das natürlich auch so, aber ich bin ziemlich fertig wegen der Sache mit Siggi und deshalb … na ja … hatte ich einen dieser äußerst seltenen Anflüge von Besserwisserei, bei denen ich Gitti verbessern wollte … Gitti … also Brigitte ... meine Frau ..."

Ja gut, das wusste er sicher auch. Mir war so, als käme das leicht gequälte Seufzen in diesem Moment nicht nur von Gitti. Egal! Hauptsache, wir hatten gebetet.

Am Montagabend fuhr ich mit Hosea ins Krankenhaus, um Siggi zu besuchen. Da er auf der Intensivstation lag, konnten wir nicht einfach so zu ihm gehen, sondern mussten uns erst anmelden. Die Frage der Stationsschwester, ob wir Angehörige sind, beantwortete Hosea mit: „Nein, ich bin der Pastor seiner Gemeinde." Als sie mich dann auch fragend anschaute, sagte ich: „Ich bin der Orgelspieler!"

Siggi lag im Bett, war an alle möglichen Geräte angeschlossen und starrte nur an die Decke. Er schien nicht mitzubekommen, dass wir da waren und er reagierte auch nicht, als wir mit ihm sprachen.

Von Hoseas Gebet für Siggi bekam ich nicht besonders viel mit, denn plötzlich piepte eines der medizinischen Geräte ziemlich laut. Kurz danach erschien eine Ärztin und sagte zu mir: „Es ist gut, dass Sie für den Patienten beten, aber Sie sollten dabei nicht auf den Versorgungsschläuchen stehen ..."

Mist! Diese Krankenhäuser sind einfach furchtbar.

Nachdem ich Siggi zum Abschied die Hand gedrückt hatte, sagte ich: „Werd' bald wieder fit, alter Junge!" und fuhr anschließend ziemlich deprimiert nach Hause.

Wir beteten auch an den nächsten Tagen sehr viel für ihn, obwohl die Nachrichten über seinen Gesundheitszustand immer schlechter wurden.

Siggi starb am Mittwoch.

„Das geht so nicht!" rief Detlev ärgerlich. „Er kann ihn nicht einfach sterben lassen!" „Doch!" sagte Doro und nickte zur Bestätigung. „Doch, das kann er."

Aber Detlev wollte es nicht einsehen: „Siggi war gerade mal Ende Vierzig. Ein paar Jahre jünger als ich. Und er war von Anfang an im Lobpreisteam dabei. Das ist einfach nicht fair!"

„Aber das liegt nicht in unserer Hand", antwortete Doro. „Wir lesen hier nur Korrektur und der Klaus denkt sich die Geschichten aus. Der kann im seinen Lowpricelighter-Geschichten sterben lassen, wen er will ..."

Moment! Ich glaube, jetzt geht hier gerade einiges durcheinander. Da ist mir doch glatt aus Versehen dieses Gespräch zwischen den beiden besten Korrekturlesern der Welt, Doro Appel und Detlev Simon hier ins Buch gerutscht. Die beiden haben immer mit sehr viel Einsatz und Liebe zum Detail an meinen Büchern mitgearbeitet, dass sie eigentlich mal gesondert erwähnt werden sollten. Aber das geht natürlich nicht hier mitten im Buch und das müssen wir deshalb unbedingt noch raus streichen, denn sonst denken die Leser ja: Jetzt ist der

Fischer ja wohl völlig durchgeknallt! Was soll das denn nun? Lebt der nur noch in einer Scheinwelt, die sich mit der Handlung des Lowpricelighters vermischt?
Nee, also das geht auf gar keinen Fall. Die Passage müssen wir UNBEDINGT NOCH STREICHEN! Und dann geht es normal weiter ...

Siggi starb am Mittwoch und das haute mich so sehr aus den Schuhen, dass ich erstmal zu unserem Pastor ffahren musste, um mit ihm darüber zu sprechen.

„Das geht so nicht!" rief ich ärgerlich. „Er kann ihn nicht einfach sterben lassen!" „Doch!" sagte Hosea knapp und nickte zur Bestätigung. „Doch, das kann er."
Aber ich wollte es nicht einsehen: „Siggi war gerade mal Ende Vierzig. Ein paar Jahre jünger als ich. Und er war von Anfang an im Lobpreisteam dabei. Das ist einfach nicht fair!"
„Aus unserer Sicht ist das nicht fair", antwortete Hosea und er betonte das Wort „unserer" ganz besonders. „Aber ob es aus Gottes Sicht auch nicht fair war, das können wir nicht beurteilen."
„Warum hat Gott unsere Gebete nicht erhört?" fragte ich trotzig. „Warum beten wir, wenn dann hinterher alles anders läuft?" Ich war ärgerlich, enttäuscht und traurig. Natürlich kannte ich die üblichen frommen Redewendungen wie „Gottes Wege sind nicht unsere Wege" oder „Vielleicht war es das Beste für ihn", mit denen wir Christen so gerne argumentieren und die ich auch selber schon verwendet hatte. Beim Tod von alten oder sehr kranken Menschen kommt einem das ja manchmal leicht über die

Lippen. Aber in diesem Zusammenhang mit meinem Freund Siggi war mir das irgendwie zu billig. Und Hosea war als unser Pastor derjenige, von dem ich eine bessere Antwort erwartete als das übliche fromme Zeugs.

„Ihr habt doch lange genug studiert, um uns zu erklären, warum Gott manche Menschen heilt und andere nicht. Haben wir zu wenig gebetet? Haben wir falsch gebetet? War Siggi es nicht wert, dass Gott ihm hilft? Wieso sterben manchmal kleine Kinder und andererseits liegen schwerkranke alte Menschen jahrelang im Bett und sterben nicht? Ich muss zugeben, dass mich das schon irgendwie in meinem Glauben erschüttert. Aber davon habt ihr Pastoren natürlich keine Ahnung. Da ist ja immer alles klasse und Halleluja ...“

Ich hatte mich so sehr in Rage geredet, dass ich die Tränen in Hoseas Augen erst nach meinem Monolog bemerkte. Wieso weinte der jetzt? Ein Pastor kann doch nicht einfach anfangen zu heulen. Der soll mir gefälligst ein paar Bibelstellen nennen, die mir alles erklären und dann soll er mich noch ein bisschen trösten, aber doch nicht selber anfangen zu flennen ...

„Glaubst du, dass ein Pastor immer alles versteht und nie Fragen oder Zweifel zu Gottes Wegen hat? Dass bei ihm immer alles – wie du es nennst – Halleluja ist?“ fragte Hosea dann.

„Ich habe jedenfalls manchmal den Eindruck, dass ihr euch nicht in die Gedanken von normalen Gläubigen hineinversetzen könnt. Und erst recht nicht in das Leid, das manche Menschen durchmachen müssen.“

Hosea schaute mich an. Das war kein ärgerlicher Blick, sondern eher ein trauriger mit der unausgesprochenen Aussage „Wenn du wüsstest!“. Woher nahm ich eigentlich die arrogante Vermutung, dass er im Gegensatz zu mir und allen anderen Menschen noch nie Leid erlebt hatte?

„Wenn du KURZ Zeit hast, dann würde ich dir gerne mal eine Geschichte aus meinem Leben erzählen", sagte er. Okay, bei Pastoren muss man ganz, ganz vorsichtig sein, wenn sie den Begriff KURZ verwenden, denn da kann KURZ auch mal ganz schön LANG werden. Man kennt das ja: Die Predigt könnte gefühlt schon längst zu Ende sein und dann kommt noch so ein Satz wie „Lasst mich das zum Schluss noch KURZ anhand von zwölf Punkten erläutern". Und diese zwölf Punkte haben dann auch noch jeweils die Unterpunkte a), b) und c) und hinterher gibt es noch mal eine Zusammenfassung mit den vier wichtigsten Punkten und sieben Leitsätzen, die anhand einer 50-seitigen Powerpointpräsentation erläutert werden.

Aber da ich ihn erstens heute schon einmal zum heulen gebracht hatte und zweitens jetzt auch wissen wollte, was er zu sagen hatte, sagte ich: „Dann erzähl mal KURZ ..."

■■■■■■■

Hosea berichtete von einer jungen Frau namens Silvie, die er zu Beginn seines Studiums kennengelernt hatte. Seine Schilderungen ließen keinen anderen Schluss zu, als dass sie die schönste Frau der Welt gewesen sein muss und dass die beiden sich damals heftigst verknallt hatten und nach einiger Zeit auch heiraten wollten. Er war der glücklichste Mensch, den man sich vorstellen konnte. Bis zu dem Moment, wo Silvie ihm von ihrer

Krebsdiagnose erzählte. Aber auch davon wollte er sich nicht unterkriegen lassen. Er glaubte an Heilung und betete wie ein Weltmeister. Silvie starb drei Monate später. Der junge Theologiestudent Hosea Naranna war am Boden zerstört und wollte am liebsten alles hinschmeißen. Er haderte mit Gott, ja, er war sogar kurz davor, den Glauben zu verlieren.

„Ich hatte in den folgenden Wochen eine wirklich harte Zeit und zog mich völlig zurück. Ich klagte Gott an und war kurz davor, ihm nicht mehr zu vertrauen. Doch dann gab mir Silvies Mutter einen Brief, den meine geliebte Silvie vor ihrem Tod für mich geschrieben hatte. Ich lese dir mal kurz was vor ..." Während er das erzählte, klappte er seine Bibel auf, zog einen Brief hervor, der offensichtlich schon reichlich oft gelesen wurde und begann mir daraus vorzulesen:

„Mein lieber Hosea,
wenn du diese Zeilen liest, dann bin ich schon bei Jesus. Ich weiß nicht genau, wie es dort sein wird, aber ich bin sicher, dass du mir dort trotzdem fehlen wirst, denn du bist und bleibst die Liebe meines Lebens.
Ich habe deinen Glauben bewundert, mit dem du niemals auch nur ansatzweise akzeptieren wolltest, dass ich an meiner Krankheit sterben könnte. Auch heute, wo ich diesen Brief schreibe, hast du wieder für Heilung gebetet, unermüdlich, treu und unbeirrbar. Das hat mir ganz viel Kraft gegeben, auch wenn ich seit einigen Wochen ahne, dass es keine Heilung geben wird.
Ich würde alles dafür geben, noch mehr Zeit mit dir zu verbringen, eine Familie zu gründen und mit dir gemeinsam alt zu werden. Leider wird das nicht möglich sein.

Aber ich möchte dir danken für die Zeit, die wir gemeinsam hatten, für deine Treue, deine Stärke und deinen Glauben an Jesus, der unerschütterlich scheint. Bitte bewahre dir das, egal was passiert und lass nie etwas zwischen dich und Jesus kommen. Du wirst ein Segen für viele Menschen sein und irgendwann werden wir uns wiedersehen. Darauf werde ich warten.
Gott segne dich
Deine Silvie"

Erstaunlicherweise hatte Hosea diese Zeilen mit fester Stimme vorgelesen und lächelte hinterher. Im Gegensatz zu mir, denn mir liefen jetzt die Tränen übers Gesicht und ich fühlte mich einfach furchtbar.
Warum um alles in der Welt musste er mir diesen intimen Brief vorlesen? Das ging mich doch alles gar nichts an! Und es war irgendwie völlig surreal. So eine Szene denkt sich doch höchstens der völlig durchgeknallte Autor eines billigen Schundromans aus. Außerdem war es peinlich. Jedenfalls für mich! Denn nachdem ich Hosea vorgeworfen hatte, dass er beim Thema Leid nicht mitreden könne, stand ich jetzt da wie ein Vollidiot. Ich entschuldigte mich bei ihm: „Tut mir leid, was ich eben gesagt habe. Das mit deiner Silvie wusste ich bisher nicht."
„Das hat niemand gewusst. Und niemand hat jemals von dem Inhalt dieses Briefes erfahren und vermutlich wird das auch in Zukunft so bleiben. Aber irgendwie hatte ich gerade das Gefühl, dass ich bei dir eine Ausnahme machen soll. Behalte es aber bitte für dich."
„Klar!" sagte ich. „Bis auf den Tag, an dem ich mal ein Buch über mein bescheuertes Leben schreibe." Wir

lachten beide und irgendwie war damit auch die Peinlichkeit dieser Situation verflogen.

Hosea sagte: „Viele Menschen denken, Pastoren sind immer starke Glaubensvorbilder, die durch niemand und nichts umgeworfen werden können. Das ist aber nicht der Fall. Nach Silvies Tod hätte ich fast alles hingeschmissen. Und ich habe sogar ein paar Wochen lang meine Probleme mit ziemlich viel Alkohol betäubt. Wer weiß, wo ich gelandet wäre, wenn ich ihren Brief nicht erhalten hätte. Ich kann bis heute nicht verstehen, warum das damals mit Silvie so passieren musste. Und ich weiß auch bei unserem Siggi nicht, warum er trotz unserer Gebete sterben musste. Aber mein Glaube ist jetzt stark genug, auch solche Niederlagen zu verkraften. Vielleicht verstehen wir solche Dinge, wenn wir bei Jesus sind ...“

Jetzt war Hosea wieder in seinem Prediger-Element und ich wusste, dass ich eine kostenlose und vermutlich mehrstündige Privatpredigt bekommen würde, wenn ich mich nicht schnell verdrücke.

Für einen Pastor war Hosea schon relativ clever, denn nach meiner Bemerkung „Danke für die Erklärung und ich muss dann auch mal los, weil gleich eine wichtige Musiksendung kommt" lag er mit seiner Antwort „Championsleague-Hymne, schätze ich" ziemlich richtig.

Beim Abschied fragte er: „Da du unseren Siggi viel länger kanntest als ich. Fällt dir noch ein Spruch ein, der typisch für ihn ist und den ich in der Trauerpredigt erwähnen kann?"

Ich musste lachen. Denn immer, wenn Siggi mit anderen christlichen Musikern zusammengetroffen war, hatte er etwas gesagt wie: „Regel Nummer eins, falls wir gemeinsam auf Tour gehen: Keine Nutten im Tourbus!"

Ich hatte mehrmals bei solchen Szenen daneben gestanden und in die entsetzen und völlig verständnislosen Gesichter der frommen Musiker geschaut, wenn er diesen Witz gebracht hatte. Christen sind ja so herrlich verkrampft, wenn es um … na ja, Sie wissen schon ...

Aber Hosea und ich waren uns hinterher trotzdem einig, dass dieses Zitat für die Trauerfeier jetzt nicht soooo geeignet war.

5. Oh when the saints ...

Ich kann nicht behaupten, dass nach dem Gespräch mit Hosea sämtliche Fragen geklärt waren. Aber ich bewunderte seine Haltung, mit der er durch seine schwere Lebenskrise gekommen war. Und letztlich war mir irgendwie auch mal wieder bewusst geworden, dass es auf einige Fragen zumindest hier auf der Erde keine vollständigen Antworten geben würde. Es sei denn, man hieß Günter Siekmann und konnte unerfüllte Gebete damit begründen, dass irgendwer (aber natürlich nicht Günter selbst!) zu wenig geglaubt hatte oder irgendwer (aber nicht Günter!) Sünde in seinem Leben hatte oder irgendwer (aber nicht Günter!) den göttlichen Heilsplan blockierte. Ähnliche Erklärungen kamen von ihm auch in Bezug auf Siggis Tod, aber ich wollte darüber keine Diskussionen mit ihm führen, sondern beließ es bei der Bemerkung: „Günter, pass mal auf. Siggi war mein Freund! Ich bin ziemlich traurig, dass er nicht mehr da ist. Und ich bin im Gegensatz zu Siggi nicht deshalb noch am Leben, weil ich besser war oder besser bin als er, sondern nur aus Gnade. Einzig und allein aus unverdienter und unerklärlicher Gnade! Und das gleiche gilt für dich. Und wenn du möchtest, dass das so bleibt und auch du weiter am Leben bleibst, dann tu mir einen Gefallen und halt jetzt lieber die Fresse!" Er hielt sich dran.

Da ich noch nicht weiß, was man nach dem Tod so macht, kann ich natürlich auch nicht einschätzen, ob man sich für die eigene Beerdigung interessiert. Kann ja sein, dass man dann mal guckt, wer so alles da ist und ob sie wenigstens gute Musik machen. Siggi wäre in diesem

Fall ganz bestimmt zumindest am Anfang zufrieden gewesen, denn ich hatte es mir nicht nehmen lassen, als sein langjähriger Kumpel ein Musikstück beizutragen. Dabei handelte es sich um das nicht ganz einfach zu spielende Rock-Requiem in Halb-Moll von Hurgaj Spalowicz. Der Komponist war berüchtigt dafür, in seine Werke zahlreiche vasoganile Styroden einzubauen, meist auch noch mit dividierender Septim-Phrasierung im 3/5-Takt. Jeder halbwegs gute Musiker kennt und beherrscht das natürlich, aber es ist trotzdem durchaus anspruchsvoll. Und als besonderen kleinen Gag hatte ich eine Variation des Liedes „Oh when the saints go marching in" angehängt, weil ich wusste, dass dieser Song Siggis Lieblingslied war. Ich hatte die ganze Nacht dafür üben müssen und Gitti extra um halb vier geweckt, um es ihr vorzuspielen.

Merksatz: Übermüdete Ehefrauen sind als Musikexperten nur sehr bedingt geeignet!

Siggi hätte eine wirklich tolle Beerdigung bekommen, denn sie konnte ja zumindest nicht von Else Baluschek ruiniert werden, weil die immer noch in Afrika war. Wenn nur nicht … aber dazu kommen wir später. Zunächst begann alles sehr gut, denn nach meinem Musikstück spielte Siggis Band „The Baluscheks" eine hervorragende Akustik-Blues-Version von „Oh when the saints go marching in". Den Song hatte ich zwar auch schon gespielt, aber natürlich ganz anders und deshalb war das völlig okay.

Anschließend hielt Hosea die Trauerpredigt. Er kam dabei auch auf das Thema unserer Diskussion zu sprechen und sagte: „Viele von uns fragen sich, warum Jesus unseren lieben Bruder Siggi so früh heimgeholt hat. Erst vor ein paar Tagen habe ich über dieses Thema mit einem Mitarbeiter unserer Gemeinde gesprochen. Ich denke, Arno, du hast bestimmt kein Problem damit, wenn ich deinen Namen nenne."

„Doch!" sagte ich.

Klar, man sollte eigentlich auf Beerdigungen keine Witze machen, aber es war ein Reflex. Gitti, die neben mir saß, hatte aber ebenfalls gute Reflexe und stieß mir ihren Ellenbogen ziemlich heftig in die Rippen. Mir schossen danach die Tränen in die Augen, aber bei einer Beerdigung fiel das glücklicherweise ja nicht weiter auf.

Hosea ignorierte meine Bemerkung und sprach weiter: „Ich glaube als Christ an die heilende Kraft Gottes. Ich glaube daran, dass er Menschen gesund macht. Und ich könnte Ihnen von mehreren Fällen erzählen, wo Menschen durch Gebet und das wunderbare Eingreifen Gottes gesund geworden sind. Manchmal passiert das aber auch leider nicht ..."

Ich musste an Hoseas Freundin Silvie denken und an die viel zu kurze und sehr tragische Beziehung der beiden. Und für einen Moment durchflutete mich ein Gefühl der Dankbarkeit dafür, dass ich meine Gitti hatte, auch wenn mir gerade immer noch die Rippen weh taten.

Merksatz: Leg dich nie mit einer Krankenschwester an!

Hosea schaffte es für meinen Geschmack, den Menschen zu erklären, dass Gottes Wege nicht immer so sind, wie wir das gerne wollen. Er bekam auch irgendwie die Balance hin zwischen dem schmerzhaften Abschied von unserem Freund Siggi und der Gewissheit, dass er jetzt im Himmel bei seinem Erlöser ist. Und natürlich ließ er es sich nicht nehmen, den Anwesenden klar zu machen, dass irgendwer von uns der Nächste sein wird und dass es darum besser ist, entsprechend vorbereitet zu sein und an Jesus zu glauben. Ich will's mal so sagen: Wäre ich noch kein Christ gewesen, dann wäre mir bei Hoseas Worten jedenfalls mächtig warm geworden. Er schloss mit den Worten: „Wir wollen lernen auszuhalten, dass wir nicht alles verstehen. Aber wir wollen weiter glauben. Das schenke euch Gott."

Nach der Predigt bat er mich spontan, noch einmal das Lied „Oh when the saints ..." zu spielen. Ich lud Eric, den Gitarristen der „Baluscheks" ein, mich zu unterstützen und kann – natürlich in aller gebotenen Zurückhaltung und Bescheidenheit – behaupten, dass es die beste Version dieses Liedes seit der Auflösung der legendären christlichen Band „Sören-Gandalf Rink und die Stiefmütter" war.

Zum Ende der Trauerfeier wollte Siggis Ex-Freundin Beatrice noch ein Lied vortragen. Ich persönlich halte nicht gerade viel davon, wenn Angehörige eines Verstorbenen sich einer solchen Ausnahmesituation wie einer Beerdigung dieser Gefühlsachterbahn hingeben. Und natürlich kam es, wie es kommen musste. Beatrice erklärte zunächst, dass es ihr etwas peinlich sei, nun auch ausgerechnet das Lied „Oh when the saints ..." ausgewählt zu haben und außerdem sei sie ja eine ziemlich schlechte Sängerin (Wenn du das weißt, Mädchen, warum willst du dann noch unbedingt singen?). Blöderweise bat sie

mich dann auch noch, sie zu begleiten, da ihre Gitarre durch äußerst blöde Umstände noch als Pfand in der Teestube Lüdenscheid sei, weil sie dort halt gedacht hatte, der Tee sei umsonst und wenn ihr das einer vorher gesagt hätte ... Egal!
Sie hielt dann gesanglich bis zum zweiten „go marching in" durch, brach aber anschließend in ein wildes Schluchzen aus, bei dem man zwischendurch nur mehrfach das Wort „number" raushören konnte. Immerhin hielt sie trotz des Geheules zumindest einigermaßen die Töne. Aber ich wusste, dass mein alter Kumpel Siggi in dieser Situation trotzdem das Mikrofonkabel durchgeschnitten hätte.

∎∎∎∎∎∎∎

Aber es sollte noch schlimmer kommen. Viel schlimmer! Und ich hoffe einfach mal, dass Siggi sich im Himmel nicht mehr für seine eigene Beerdigung interessiert hat. Da für ihn ein Urnenbegräbnis vorgesehen war, kündigte Hosea zum Ende der Trauerfeier an, dass der Sarg vor der Einäscherung noch vor die Friedhofskapelle gestellt wird. Dort sollten die Angehörigen und Freunde im stillen Gedenken Abschied nehmen können. Hosea sagte außerdem etwas überraschend, dass die Schützenbrüdergilde Todtenhausen dem Sarg ihres verstorbenen Kameraden ein Ehrengeleit geben werde. Kurz nach dieser Ansage riss irgendwer die große Tür der Friedhofskapelle auf und brüllte im Befehlston eines durchgeknallten Hauptfeldfebels irgendwas wie: „ZUR EHREN-WACHÄÄÄÄH DES VERSTORBENEN SCHÜÜÜÜTZEN-BRUUUUUUDERS AN ... GÄÄÄÄ ... TRÄÄÄÄ ...TENN!"

Im nächsten Moment erschienen sechs ältere Herren in teilweise sehr knapp sitzenden grünen Uniformen und marschierten im Gleichschritt in die Kapelle. Abgesehen davon, dass ich trotz der langen Zeit mit Siggi nicht gewusst hatte, dass er im Schützenverein gewesen war, irritierte mich dieser militärische Auftritt doch ziemlich. Ich hätte gerne irgendwas gemurmelt wie „Wer hat die denn freigelassen?", aber ich hatte Angst, dass Gitti mir wieder in die Rippen haut.

Als die sechs Männer neben dem Sarg angekommen waren, blieben sie ruckartig stehen und der „Hauptfeldwebel", wie ich ihn ab jetzt nenne, brüllte von hinten durch die ganze Kapelle „EHRENWACHÄÄÄÄÄH KÄÄÄÄHRT UM!". Sie drehten sich um 180 Grad und blickten dann mit finsteren Gesichtern in unsere Richtung. Einer von ihnen war bei dieser Drehung meinem Keyboard verdächtig nahe gekommen und hätte es fast heruntergerissen. Ich atmete auf. (… Haha! Jeder weiß natürlich jetzt, was gleich wieder passieren wird …).

Der Hauptfeldwebel brüllte: „ZIEHT DIE SÄÄÄÄBELL!" und alle sechs grünen Männchen rissen gleichzeitig ihre Säbel raus und streckten sie in die Höhe.

Hosea, der in ihrer Nähe stand, schreckte kurz zurück. Aber das ist natürlich verständlich, denn wenn man aus Afrika kommt, dann rennt ja wahrscheinlich ständig einer mit der Machete hinter einem her. Glaube ich jedenfalls.

„SAAAAA … LUUUUUU … TIERT!" blökte der Hauptfeldwebel und die Waldmeister senkten ihre Säbel in Richtung des Sarges. Der Dicke in der Mitte stieß dabei mit seinem fetten Hintern an mein Keyboard, das gefährlich schwankte. Ich hätte es gerne in Sicherheit gebracht, aber zwischen diesen dilettantischen Säbelschwingern rumzulaufen wäre vermutlich auch keine gute Idee gewesen. Und es hätte dazu führen können, dass die Frage, wer aus der Trauerversammlung als nächster stirbt, schon recht früh beantwortet würde.

Der Hauptfeldwebel brüllte noch zwei oder drei weitere Befehle, deren Inhalt ich aber nicht wiedergeben kann, weil ich angespannt auf mein Keyboard schaute. Dann steckten die Grünen ihre Säbel glücklicherweise wieder ein und schoben anschließend den Sarg langsam und mit sehr würdevollen Blicken nach draußen.

Das Keyboard war stehengeblieben (Ha! Damit habt ihr nicht gerechnet!).

Die Angehörigen und wir anderen folgten dem Sarg langsam nach draußen und waren vermutlich alle etwas überrascht, weil dort noch das komplette Orchester der Schützengilde angetreten war.

Hosea, der als Erster hinter dem Sarg hergegangen war, hob seine Hand und sprach einen letzten Segen: „Herr, dein ewiger Friede und deine Ruhe sei ...", Weiter kam er nicht, denn das Orchester legte los und erstickte jedes weitere Wort im Keim. Die gute Nachricht war: Sie spielten nicht auch noch ‚Oh when the saints‘, sondern ein Lied, das wie eine Mischung aus „Schützenliesel" und „Ich hatte einen Kameraden" klang.

Bis zu diesem Moment war es nur ein bisschen verstörend und fremd. Aber – ich hätte nie gedacht, dass ich das jemals schreiben würde – es gab offensichtlich einen Menschen, der noch schlimmer singen konnte als unsere Else Baluschek. Denn mitten in diesen infernalischen Lärm aus Trommeln und Blechbläsern mischte sich etwas, das zunächst klang wie eine Mischung aus dem Paarungsruf eines heiseren Esels und der Sirene eines

Rettungswagens. Meine erste Vermutung war, dass da jemand seine Trompete versehentlich mit dem Trecker überfahren hatte und trotzdem krampfhaft hinein trötete. Aber dieses fiese Geräusch kam aus einem unheimlich riesigen grünen Schützenanzug, in dem ein Mensch steckte. Ob Mann oder Frau konnte ich zunächst nicht sagen, denn die Stimmhöhe des gequälten Gesangs sprach eher für eine Frau. Die Frisur war irgendwie „geschlechtsneutral", so als ob der Frisör sich auch nicht so ganz sicher gewesen war. Allerdings war da ein deutlicher Oberlippenbart, der eigentlich keinen Zweifel ließ, dass dieses in gesanglicher Hinsicht völlig talentfreie Wesen ein Mann war.

Letztlich war das aber egal, denn mein nächster Gedanke war: „Wie um alles in der Welt kann eine zumindest halbwegs ordentliche Blaskapelle jemanden auf einer Beerdigung singen lassen, obwohl der nicht einen einzigen Ton trifft? Und was noch schlimmer war: Er sang – das wird jetzt nach der ganzen Beerdigung wahrscheinlich keinen mehr überraschen, trotz der völlig anderen Melodie trotzdem den Text von „Oh when the saints go marching in".

Als sie endlich fertig waren und ich mein Keyboard einpacken wollte, konnte ich sehen, woher dieses laute polternde Geräusch vorhin gekommen war. Denn kurz nachdem dieser Schützenbruder angefangen hatte zu singen, musste irgendwer in Panik in die Friedhofskapelle gelaufen sein und dabei mein Keyboard umgeworfen haben. Das Teil war Schrott! (Ja, haha, sehr witzig, dass es jetzt doch noch passiert ist … Schadenfrohes Volk! Schämt euch.)

Obwohl ich kurze Zeit später in unserer Gemeinde einen Zettel aushängte, auf dem stand: WER EIN KEYBOARD ZERSTÖRT, SETZT SEIN EWIGES LEBEN AUFS SPIEL! wurde der Täter nie gefunden.

Die Antwort auf die Frage, wie die Musikkapelle zu diesem Sänger gekommen war, bekamen wir übrigens beim Kaffeetrinken nach der Beerdigung. Denn der Dirigent kam auf mich zu und entschuldigte sich mit den Worten: „Wir haben das wirklich nicht gewollt. Bei uns sollte eigentlich niemand singen. Das tut mir so leid, aber dieser fürchterliche Kerl hat sich da einfach reingedrängelt, weil er sich zum Sänger berufen fühlt. Wir hätten dafür sorgen müssen, dass er gar nicht erst mitkommt, dieser Baluschek!"
„BALUSCHEK?" fragte ich erstaunt.
„Ja, Ronny Baluschek. Er hat sich bei uns eingeschlichen. Es war so furchtbar und demütigend. Ich habe wirklich keine Ahnung, von wem er die bekloppte Vorstellung hat, er könnte singen."
„Ich schon!" sagte ich und nickte bedächtig und wissend.

(theatralische Pause)

„ICH ... SCHOOOON!"

6. Lordie

Darf man als Christ in einer „weltlichen" Band mitspielen?
Mit dem Thema wurde ich mal wieder konfrontiert, als
Eric, der Gitarrist von Siggis alter Bluesband „The Baluscheks" anfragte, ob ich für ein Konzert im November
einspringen kann. Er erzählte mir, dass sie zwar kurzfristig einen neuen Bassisten gefunden hatten, der aber blöderweise der Ex-Freund der Sängerin war, die jetzt wiederum eine Beziehung mit dem Keyboarder hatte. Und
dieser Keyboarder hatte daraufhin stinkesauer ein Ulti-
matum gestellt und gesagt: „Entweder er oder ich!" Die
Sängerin hatte geantwortet: „Dann er!" Der Keyboarder
hatte noch mal nachgefragt: „Du meinst jetzt, dass er
gehen soll und ich bleibe, oder?" Aber die Sängerin hatte
gesagt: „Nein! Ich meine, dass er bleibt und du gehst."
Doch so schnell hatte der Keyboarder nicht aufgeben
wollen und deshalb erwidert: „Das müssen dann die anderen aus der Band ja wohl auch mit entscheiden. Also:
Er oder ich?"
„Dann du!" hatten die anderen einstimmig gesagt.
„Ihr meint, dass ich bleiben soll und er geht, oder?"
„Nein, wir meinen, dass er bleiben soll und du gehst!"
„Also soll ich gehen und nicht er?"
„Ja!"
„Wirklich?"
„Jaha!" hatten alle wiederholt, weil der Keyboarder vom
musikalischen Können her wohl auch eher auf Halbmast
geflaggt hatte und scheinbar darüber hinaus auch noch
schwer von Begriff war.
Nur der neue Bassist, der hatte noch gar nichts gesagt,
weil er zwar ein guter Musiker war, aber ansonsten noch

weniger kapierte als der Keyboarder und nicht gerade die hellste Kerze auf der Torte war. Als der Keyboarder nach seinem Rausschmiss längst seine Sachen genommen hatte und gegangen war, hatte der neue Bassist dann noch eine ganze Weile lang ziemlich blöd rumgestanden und irgendwann nachgefragt: „Äh, sorry Leute ... Bin ich jetz' noch inna Band oder nich'?"

„JAHA!" hatten die anderen etwas genervt gesagt, weil jetzt schon wieder einer nichts kapierte. Aber auch danach schien für den Bassisten noch nicht alles klar zu sein und er hatte die Sängerin angeschaut, bis die ihn dann endlich gefragt hatte: „Was denn noch?"

„Kurze Frage", hatte er dann zu ihr gesagt. „Äh ... und wir beide sind jetz' auch wieder zusammen, oder?"

„NEHEIN!" hatte sie ziemlich deutlich gerufen und dabei die Augen verdreht.

„Okay, aber inna Band bin ich trotzdem?"

„JAAAAA!" hatten alle gebrüllt und dann hatte er es endlich kapiert. Also brauchten sie nur noch einen neuen Keyboarder, der gut spielen konnte und möglichst kein sexuelles Verhältnis mit irgendwelchen anderen Bandmitgliedern hatte. Diese Voraussetzungen erfüllte ich. Deshalb hatte ich mit Eric, dem Gitarrist und Leiter der Band, vereinbart, dass ich über das Angebot nachdenke und mich innerhalb von zwei Tagen melde.

Am gleichen Abend fand in der Gemeinde unser sogenannter „erweiterter Leitungskreis" statt, bei dem der Pastor und der Gemeindevorstand sowie alle aktiven Mitarbeiter der Gemeinde anwesend waren. Und natürlich auch die ehemaligen Mitarbeiter! Und die zukünftigen! ... Also eigentlich alle. Dort hatte ich erwähnt, dass ich beim nächsten Treffen in vierzehn Tagen vermutlich nicht dabei sein kann. „Ich springe wahrscheinlich kurzfristig für ein paar Wochen bei Siggis alter Bluesband ‚The Baluscheks' ein und müsste dann an dem Abend zur Probe und wäre nicht hier ..."

Der Pastor, der Gemeindevorstand, die aktiven, die ehemaligen und auch die zukünftigen Mitarbeiter schauten mich ziemlich verständnislos an. In einigen Gesichtern konnte ich deutlich die Frage lesen, wie tief jemand eigentlich gesunken sein muss, um ein wichtiges und geistlich wertvolles Treffen des erweiterten Leitungskreises (!) zu verpassen und stattdessen zu einer „weltlichen" (!) Veranstaltung mit Bluesmusik (!!!) zu gehen. Ich bin mir nicht ganz sicher, aber ich meine im aufgeregten Gemurmel meiner Geschwister auch die Worte „Verräter" und „Judas" gehört zu haben.

Das Treffen wurde kurze Zeit später mit einer Gebetsgemeinschaft beendet. Man muss natürlich sehr sensibel und feinfühlig sein, um in einigen liebevoll formulierten Gebeten quasi zwischen den Zeilen einen Hauch von Kritik an meinen musikalischen Absichten rauszuhören. Aber ich bin trotzdem einigermaßen sicher, dass folgende Passagen mir gegolten haben könnten:

Ein Ausschnitt aus dem Gebet von Emmi Nemm: „ ... und Herr! Wir beten auch für die, die den Weg der christlichen Volksmusik verlassen haben und statt den in der Bibel genannten Instrumenten sogar mit elektrischen Gitarren und Tasteninstrumenten spielen, so wie zum Beispiel Arno. Sei du diesen armen Seelen gnädig und lass sie durch mittelschwere Stromstöße in ihren Instrumenten wieder den Weg zur Wahrheit finden ..."

Das Gebet von Dan Zinkwihn: „ABBA! Lieber Vater! Lass uns die Prioritäten in unserem Leben ganz neu auf dich und auf die Gemeinde ausgerichtet sein. Nichts soll uns wichtiger sein als du und die Gemeinschaft mit unseren Brüdern und Schwestern. Danke, dass die meisten von uns das erkannt haben ... außer Arno. Und danke, dass du unserer Gemeindeleitung auch in Zukunft die Weisheit geben wirst, die Termine hier in der Gemeinde so zu legen, dass wir immer rechtzeitig zu Länderspielen wieder zu Hause sind ..."

Und schließlich noch als letztes Beispiel das Gebet von Judith Ohl-Formie: „Herr, dein Volk Israel kämpfte einst unter der Leitung von Mose ... oder war es Josua? ... nein, doch Mose ... nee ... is' ja auch egal ... gegen die Amalekiter, Jebusiter, Hetiter und ... äh ..."

„Klaus-Dieter!" sagte Paul und bemühte mal wieder diesen furchtbar alten Witz, der vermutlich irgendwann als Wandinschrift einer altägyptischen Grabstätte ausgebuddelt wird.

Als Judith aber immer noch nicht weiter wusste, flüsterte Pastor Hosea helfend: „Kanaaniter und Amoriter!"

„Ja, genau!" sagte Judith. „Die Arno-Niter! Die meinte ich! Das Volk Israel kämpfte gegen die Arno-Niter und alle weltlichen Einflüsse! Und genauso kämpfen wir heute gegen das Privatfernsehen, gegen dieses Facebook, gegen den Thermomix und natürlich auch gegen Rockmusik! Amen!"

Obwohl Günter mich an diesem Abend noch gewarnt hatte – oder ich muss es vielleicht sogar so formulieren: GERADE WEIL Günter mich an diesem Abend noch gewarnt hatte, dass Bluesmusiker nicht nur Depressionen kriegen sondern natürlich auch früher sterben, nahm ich das Angebot der Band an.

■■■■■■■

Wir trafen uns drei Wochen vor dem Konzert zur ersten Probe. Deshalb war natürlich klar, dass wir in dieser kurzen Zeit hart arbeiten mussten. Aber es war eigentlich relativ einfach, denn die anderen waren bis auf den Bassisten und mich bereits sehr gut eingespielt. „Lemmy" machte seine Sache am Bass richtig gut und ich … nun ja, ich bin einfach zu bescheiden, um jetzt hier diesen Vergleich von unserer Sängerin Jackie zu erwähnen …
Musikalisch lief es also klasse und wir hatten uns darauf verständigt, beim Konzert alle Songtexte wegzulassen, in denen irgendwas mit „Hölle" oder „Drogen" vorkommt. Ich hätte zunächst auch gerne noch ein anderes Thema aussparen wollen, nämlich … na ja, Sie wissen schon … aber dann wären letztlich nur noch irgendwelche weinerlichen Weltverbesserungssongs von U2 oder Instrumentalmusik übrig geblieben.
Die Band machte einfach Spaß. Unsere Sängerin „Jackie", die eigentlich Petra Nötenklamp hieß, hatte gesanglich enorm was drauf. Am Schlagzeug saß Nick Ellbeck, den alle nur „Snake" nannten und der gemeinsam mit „Lemmy" Kröger am Bass für ordentlich Dampf sorgte. Übrigens wusste Bassmann „Lemmy" seinen eigenen richtigen Vornamen selbst nicht mehr, weil er sich vermutlich etwas zu lange das Gedächtnis weggekifft hatte (… und er wusste auch nicht, wo sein Personalausweis war, auf dem wir das ja theoretisch hätten rausfinden können). Björn-Volker Fritsch, genannt „Eric", war an der

Leadgitarre zwar nicht die deutsche Antwort auf Clapton, aber er spielte solide und intelligent. Und in Bezug auf mich möchte ich jetzt hier in aller Bescheidenheit erst gar nicht erwähnen, dass Jackie diesen Vergleich ... nein, das wäre einfach zu arrogant.

Wie auch immer! Wir hatten bei der Probe gerade eine wirklich gute Version von „Child in time" gespielt, als Jackie zu mir sagte: „Wow! Das klang ja fast wie Jon Lord von Deep Purple ..."

Hoppla, jetzt ist mir der Vergleich doch noch rausgerutscht. Na ja, kann passieren ...

Gitti war übrigens anfangs nicht sooo begeistert von meinem Mitwirken in der Band, weil im November eigentlich die Renovierung des Wohnzimmers geplant war. Ich hätte natürlich liebend gerne Tapeten abgekratzt, gespachtelt, geglättet, grundiert und anschließend neu tapeziert, aber das musste jetzt warten. Und ich warf bei unserer Diskussion zu diesem Thema auch mal wieder die kritische Frage in den Raum, ob ein berühmter Keyboarder wie – sagen wir mal – zum Beispiel Jon Lord von Deep Purple während seiner Zeit in der Band eigentlich auch ständig zu Hause Tapeten abkratzen musste. Vermutlich eher nicht ...

■■■■■■■

Unser Konzert fand am 28. November im Festsaal der Gaststätte „Zur Dicken Uschi" statt. Wir hatten im Vorfeld 38 Eintrittskarten abgesetzt, von denen allerdings 22 für Angehörige und Freunde der Band bestimmt waren. In der Zeitung stand deshalb der berühmte Satz „Es gibt noch einige Restkarten". Um ein ähnliches Debakel wie im Film „Blues Brothers" zu vermeiden, hatten wir vorher mit dem Gastwirt geklärt, dass die Band jeweils drei Getränke und eine Frikadelle kostenlos erhält. Die Frage von Lemmy, ob es auch was für Vegetarier gibt, hatte der Wirt mit dem Satz beantwortet: „Ja, draußen auf der Wiese!"

Ich war ziemlich nervös, denn dieser Auftritt war ja etwas völlig anderes als das, was ich in den letzten Jahren gemacht hatte. In der Gemeinde müssen mich alle lieb haben, auch wenn ich nur Grütze spiele. Aber hier würde ein gnadenloses Publikum auf jeden kleinen Fehler achten und mich notfalls auspfeifen.

Gitti hatte von mir natürlich einen Backstage-Ausweis bekommen, damit sie ungehinderten Zugang zum VIP-Bereich hatte. Der bestand zwar lediglich aus dem Abstellraum der Gaststätte, aber unser Security-Mann namens Ekzan Weckbocks hatte ansonsten klare Anweisungen. Meine Freunde Paul und Wolfgang hatten ebenfalls Freikarten im Premium-Segment bekommen, also vorne in der zweiten Reihe, während alle gewöhnlichen Konzertbesucher dann in der dritten und vierten Reihe sitzen mussten.

Wir spielten zunächst einige Klassiker von Thin Lizzy, Golden Earring und Bob Seger und dann in Erinnerung an Siggi natürlich nochmals unsere Version von „Oh, when the saints". Jackie hatte dazu eine Ansage gemacht: „Wir spielen diesen Song für unseren leider viel zu früh verstorbenen Bassisten ..."

Unser neuer Bassist Lemmy hatte sich daraufhin zu mir umgedreht und gefragt: „Wieso jetz' gestorben?"

„Nicht du, Mensch! Der Siggi ist gestorben!"

„Ach so … boah, ich dachte schon! Aber ich bin noch inna Band, oder?"

„JAHA!"

Meine Güte, diese bekifften Bassisten sind so intelligent wie drei Meter Feldweg.

Einer der Höhepunkte des Konzerts war tatsächlich die ungefähr achtzehnminütige Version von „Child in time", bei der wir uns musikalisch so richtig austoben konnten. Als Zugaben spielten wir noch die Bluesversion von „Atemlos" und das legendäre „Crossroads", bei dem Jackie noch mal die einzelnen Bandmitglieder vorstellte. Über mich sagte sie: „… und am Keyboard, der unvergleichliche Tastenzauberer und Kirchenmusiker mit Heiligenschein ARNOOOOO … LORDIE … NÜÜÜÜHM."

Als wir uns zum Schlussapplaus der fast vierzig Zuschauer auf der Bühne verneigten, konnte Paul sich natürlich wieder mal nicht zurückhalten und rief ständig meinen neuen Spitznamen: „Lordie! Lordie! Lordie!"

Die ganze Sache hatte wirklich einen Riesenspaß gemacht. Wir bauten unser Equipment ab und verabredeten uns noch zu einem gemeinsamen Essen im Pizza-Paradies. Gitti war eigentlich zu müde, weil sie am nächsten Morgen arbeiten musste, aber ich überredete sie mit den Worten: „Bei erfolgreichen Musikern muss man immer damit rechnen, dass die Groupies auf ihre Chance lauern …" Sie sagte: „Stimmt! Das Risiko kann ich natürlich nicht eingehen."

Letztlich kamen wir beim Pizza-Paradies nur zu fünft an, da Jackie und Snake noch irgendwas anderes vorhatten. Und Lemmy wollte zwar eigentlich mit seinem Auto mitkommen, war aber dann komischerweise in die völlig falsche Richtung zur Autobahn gefahren.

Neben Gitti, Paul und mir war noch Eric mit seiner Freundin Moni dabei. Paul sorgte im Restaurant gleich wieder für Aufsehen, als er die Bedienung fragte: „Haben Sie einen Tisch für den ehrenwerten Superstar Lordie und seine vier Begleiter?" Der italienische Kellner sagte irgendwas mit „prego" und machte dann den beiden Frauen irgendwelche Komplimente mit „bella signora" und dem ganzen üblichen Geschleime, während er uns einen Tisch zuwies.

Nach einem Blick auf die Speisekarte war ich etwas enttäuscht, weil es im Pizza-Paradies leider kein Jägerschnitzel gab, aber die Pizza 112 mit Thunfisch und Delphin tat es zur Not ja auch.

Wir sprachen natürlich über das Konzert. „Du hast wesentlich besser Keyboard gespielt als dein Vorgänger", sagte Erics Freundin. Eine sehr nette Frau, die offensichtlich Ahnung von Musik hatte.

„Ja, nur beim ‚Baluschek-Blues', da hast du dich einmal ziemlich verhauen und warst in der falschen Tonart. Was war denn da los?" fragte Eric.

„Baluschek-Blues?" Gitti fand den Titel offensichtlich witzig. „Bei dem Namen verkrampft Arno zwangsläufig und spielt alles falsch."

„Ich habe nicht ALLES falsch gespielt, sondern lediglich einen Ton zu hoch! … Na gut, das ist ja dann irgendwie auch falsch …" stellte ich resigniert fest und alle lachten.

Zum Glück gab es in diesem Moment eine Ablenkung, denn Erics Handy klingelte. Lemmy war dran, aber wir konnten natürlich nur Erics Worte hören:
„Ja …
Wieso bist du in Bielefeld? …
Nein, kein Mensch hat was von Bielefeld gesagt …

Nein, PIZZA-PARADIES! Klingt das für dich so ähnlich wie Bielefeld? ...

Mann, nimm doch mal etwas weniger von dem Zeug, das du dir immer reinpfeifst ...

Du bist echt ein Vogel, Lemmy ...

Doch ...

Doch, du bist noch in der Band! ...

Ja!Tschüss!"

Eric schüttelte den Kopf. „Der Kerl hat nicht Pizza-Paradies verstanden, sondern Bielefeld und steht da jetzt am Stadion. Meine Güte, was würde ich darum geben, wenn Siggi noch da wäre statt dieser Vollpfosten Lemmy. Aber unseren Siggi musste ja scheinbar unbedingt euer großer Boss da oben für das himmlische Orchester haben."

„Ich vermisse Siggi auch", sagte ich.

„Er hat ein paarmal von eurer Kirche erzählt und von eurer Musik. Wie nennt ihr das? Lob-Reiz?"

„Lobpreis!", sagten Gitti, Paul und ich fast gleichzeitig.

„Ja, okay ... Lobpreis. Er konnte ja fast jeden Witz vertragen, aber wenn es um euren Jesus ging, dann war bei Siggi immer Schluss mit lustig. Und er hat mal gesagt, dass ihm unsere Band zwar richtig Bock macht, aber die Sache vorher mit dir und Lobpreis und so, das war ihm wichtiger. Und wenn du und Jesus ihn brauchen würden, dann wäre er sofort weg aus der Band, hat er gesagt."

Ich musste spontan an den Tag zurückdenken, als ich Siggi von meinem Abschied aus der Lobpreisarbeit erzählt hatte. Ohne auch nur einen Moment zu zögern hatte er damals beschlossen, dass er dann auch nicht mehr weitermacht, weil er eigentlich nur noch mir zuliebe mit dabei sei. Das hatte ich geglaubt!

In diesem Moment wurde mir jedoch klar, dass selbst ich als sein Freund ihn falsch eingeschätzt hatte. In der Gemeinde hatte er nie viel geredet und schon gar nicht versucht, mit irgendwelchen frommen Statements seine Geistlichkeit zu beweisen. Im Gegensatz zu mir und manchen anderen. Aber offensichtlich war da tief in seinem Herz mehr als das, was wir vordergründig bei ihm gesehen hatten.

Meine Güte, ich hatte so viele Jahre mit dem Kerl im Lobpreisteam zusammengearbeitet und wusste trotzdem so wenig von ihm. Und ein „heidnischer" Gitarrist hatte das bemerkt, was ich scheinbar nie richtig kapiert hatte.

Ich wurde aus meinen Gedanken gerissen, als Lemmy wieder bei Eric anrief:

„Ja! …

Wie? Du findest dein Auto nicht? …

Ja, aber das muss doch da irgendwo sein! …

Ja, wahrscheinlich da, wo du es geparkt hast! Am Stadion! …

Das Stadion in Bielefeld! …

Is' gut, vergiss es. Ich komme da hin. Bleib, wo du bist! …

Doch …

Doch, du bist noch in der Band! …

Ja, bis gleich."

Eric und Moni machten sich anschließend auf den Weg nach Bielefeld, um Lemmy und sein Auto zu finden. Nachdem sie gegangen waren, fragte Paul: „Und? Wirst du weiter in der Band bleiben?"

„Nein, werde ich nicht!" sagte ich. „Das war eine tolle Erfahrung, aber ich sehe das nicht auf Dauer als meinen Weg an."

„Dann können wir ja jetzt endlich das Wohnzimmer renovieren", sagte Gitti.

Das muss man sich mal vorstellen. Da hast du gerade zumindest in musikalischer Hinsicht das Konzert deines Lebens gegeben und deine Frau fängt an mit „Wohnzimmer renovieren". Ich glaube wirklich nicht, dass Jon Lord sich nach einem Konzert jemals so was anhören musste.

Und vermutlich hat ihm auch niemand auf dem Parkplatz beim Pizza-Paradies das nagelneue Keyboard aus dem Auto geklaut ...

7. Friede auf Erden

Das Weihnachtsfest rückte näher. Wie üblich hatten Gitti und ich beschlossen, uns nichts zu schenken - und ich überlegte natürlich krampfhaft, was ich ihr trotzdem kaufe, damit ich am Heiligabend wie der moralische Sieger da stehe.

Leider musste ich aber im Dezember für ein wichtiges Projekt in der Firma ziemlich viele Überstunden machen. Dabei ging es darum, die Zahl der zeitaufwendigen und personalintensiven Sitzungen und Besprechungen möglichst zu reduzieren. Wir hatten eine ganze Reihe von zeitaufwendigen Sitzungen und Besprechungen gebraucht, um uns zunächst mal auf einen Arbeitstitel für dieses Projekt zu einigen: PUPS.

Irgendwer hatte gleich am Anfang die Abkürzung ZEBRA vorgeschlagen, was als Kürzel für „Zeit-Einsparung-bei-rotierenden-Angestellten" stand. Das hatte gut geklungen, war aber von unserer Frauenbeauftragten, Frau Bröllmann-Kunze, boykottiert worden, weil sie im Gebrauch der Silbe BRA die englische Bedeutung von BH erkannt hatte: „Das ist ganz offensichtlich eine sexistische Formulierung mit dem Ziel der Herabwürdigung der weiblichen Angestelltinnen." Unser immer auf politische Korrektheit bedachter Strategic Reserve Vice Assistent Key Manager Herr Strampel hatte ihr mit der verschwurbelten Bemerkung beipflichten wollen: „Wir sollten da sehr sensibel vorgehen, um den weiblichen … äh … Beschäftigtinnen nicht das Gefühl zu geben, dass sie … äh … oder lassen Sie es mich so formulieren, dass wir die Besonderheiten der Frauen … äh … also, das ist jetzt natürlich im wohlwollenden Kontext zu verstehen …

als besondere Förderung ... wobei ich betonen will, dass natürlich keine Frau eine Förderung nötig hätte ... äh und sie auch von ganz alleine ... oder Sie wissen ja, was ich ... äh ... meine ..."

Nein, Frau Bröllmann-Kunze wusste nicht, was Herr Strampel meinte! Und seine weiteren Erklärungsversuche waren anschließend so erbärmlich, dass alle leitenden Mitarbeiter unserer Firma zu einem mehrtägigen Seminar mit dem Thema „Geschlechtsneutralität und vegane Ernährung im Kontext einer global orientierten Management-Analyse des Klärwerks Goslar" verpflichtet wurden.

In den folgenden zwölf Meetings waren unter anderem auch die Vorschläge TANGA („Terminplanung-aller-notorisch-genervten-Arbeitskräfte") und BIKINI („Bersonal-Intelligenz-Kampagne-in-nachhaltiger-Intensivplanung")
von Frau Bröllmann-Kunze wegen angeblicher sexistischer Anspielungen verworfen worden. Manche Weiber vermuten aber auch wirklich hinter jeder Formulierung irgendwas frauenfeindliches ...

Schließlich hatten wir uns auf den neutraleren Titel PUPS einigen können, dessen Bedeutung aber hinterher niemand so genau wusste, außer dass das U für unsere Lohnbuchhalterin „Uschi" stand.

■■■■■■■

Egal! Jedenfalls führten die vielen Überstunden für das PUPS-Projekt dazu, dass ich abends keine Zeit hatte, in der Stadt nach einem geeigneten Weihnachtsgeschenk für Gitti zu suchen. Ich hatte deshalb beschlossen, in der Mittagspause zum Weihnachtsmarkt und zu Juwelen-

Paalberg zu gehen, auch wenn ich ziemlich im Stress war.

„Suchen Sie etwas Anspruchsvolles für die Dame Ihres Herzens?" fragte die Verkäuferin bei Juwelen-Paalberg. „Nein, nein, es ist nur für meine Frau!" sagte ich.

Ich erklärte der Dame, dass ich ein schönes Weihnachtsgeschenk für eine ältere Frau suche und dass wir uns so im Preisbereich von fünfundzwanzig bis dreißig, notfalls auch fünfunddreißig Euro bewegen sollten.

Dieser abschätzige Blick, mit dem sie mich anschließend musterte, reichte mir eigentlich schon wieder. Restlos bedient war ich, als dann noch die Bemerkung kam: „Na ja, wenn Ihnen Ihre Frau nicht mehr wert ist ..."

Diese Juweliere suchen doch immer nur nach einem liebestollen Frührentner, der im dritten Frühling ein kleines Vermögen auf den Tisch legt, um seine neue Gespielin zu beeindrucken. Aber nicht mit mir!

„Hören Sie mal, junge Frau!", sagte ich. „Mir ist klar, dass Sie lieber irgendwem ein paar Klunker für tausend Euro verkaufen wollen, aber meine Frau braucht das nicht. Die hat nämlich bereits seit dreißig Jahren einen Edelstein als Mann."

„Da bin ich sicher", sagte sie reserviert. „Ich verkaufe Ihnen selbstverständlich auch gerne Modeschmuck im unteren Preissegment, wenn Sie das wünschen." Aber ich war jetzt genervt. „Nee, lassen Sie mal. Den Umsatz haben Sie Ihrer Firma jetzt versaut. Ich geh jetzt doch lieber zu Parfum-Paalberg oder Haushaltsgeräte-Paalberg."

Zunächst ging ich jedoch auf den Weihnachtsmarkt und gönnte mir eine Currywurst und zwei Becher Glühwein. Eigentlich trinke ich fast keinen Alkohol, aber da die Currywurst unglaublich scharf war, musste ich mir den zweiten Becher noch bestellen. Während ich gerade versuchte, den Glühwein mit dämlichem Pusten auf Trinktemperatur abzukühlen, kam blöderweise mein Kollege Flachmann vorbei und grüßte: „Mensch, Arno, ich denke, du becherst eigentlich nix. Haha, heimliche Säufer! Das sind die Schlimmsten!" Und dann wandte er sich an die Bedienung: „Anita, machma nomma zwei für uns!" Ich winkte ab und sagte: „Nee, ich hab schon genug. Und ich muss ja nachher auch noch fahren." Aber es war schon zu spät. Flachmann war in seinem Element. „Wennde hinterher noch ne Zimtstange lutscht, dann kriegen die Bullen das überhaup' nich' mit." An seiner Aussprache merkte man, dass er wohl auch schon mehr als zwei Becher intus hatte, aber auch mir wurde jetzt langsam schwummerig.

Jeder, der schon einmal mit Kollegen auf dem Weihnachtsmarkt war, kennt dieses Phänomen. Sobald sich zwei oder drei Leute irgendwo gefunden haben, kommen alle anderen schlagartig dazu, als hätten sie irgendwo auf diese Gelegenheit gewartet. Bei uns war Kollege Steinhage der Nächste. Er kam angeblich gerade vom Klo (woher sonst) und bestellte die nächste Runde. Mein Einwand, ich müsse noch fahren und außerdem ja auch noch ein paar Stunden arbeiten, wurde völlig ignoriert. „Weisste, wie ich datt mach?" fragte Flachmann. „Nammittachs setz ich mich auffn Klo un …" Er starrte ins Leere, als hätte er vergessen, was er gerade erzählen wollte. Aber Steinhage kam ihm zu Hilfe: „Klo is' immer gut!"

An dieser Stelle wäre ich mit der Bemerkung „Ich geb dann nächstes Mal einen aus" sowohl finanziell als auch alkoholmäßig noch einigermaßen aus der Sache rausgekommen, aber es kam anders. Denn genau in diesem Moment kam unser Gemeindemitglied Hamsi vorbei und wollte uns fromme Traktate überreichen.

Dazu muss ich vielleicht zunächst noch eine kurze erklärende Rückblende einfügen: Hamsi Malfojah und sein Freund Aber Naklah waren zwei junge Männer, die als Flüchtlinge nach Deutschland gekommen waren. Sie hatten bereits in ihrer Heimat als Christen gelebt und irgendwann fliehen müssen, weil ihr Leben bedroht war. Ihre neue Heimat hatten sie in Todtenhausen gefunden und sich dann auch unserer Gemeinde angeschlossen. Beide waren sehr eifrige Mitarbeiter und hatten sich sehr schnell integriert. Hamsi hatte sogar schon im Lobpreisteam mitgesungen, wenngleich einige ältere Geschwister seinen leicht orientalisch angehauchten Gesang sehr kritisch beurteilt hatten. Und man hörte die üblichen Kommentare wie „Das hatten wir früher aber anders", „Das hätte es bei Kurt und Käthe nicht gegeben" oder das klassische „Ich hab ja nichts dagegen, aber …".

Ich mochte Hamsi und grundsätzlich habe ich ja auch nichts dagegen, dass er auf dem Weihnachtsmarkt mit Menschen über den Glauben sprechen will, aber … Musste das ausgerechnet jetzt sein, wo ich hier nach vier Glühwein schon reichlich angetüdelt war?

Als Hamsi mich erkannte, war er vermutlich etwas überrascht, einen Glaubensbruder mit leicht glasigen Augen am Glühweinstand zu sehen. Er begrüßte mich aber trotzdem herzlich und sagte in fast akzentfreiem Deutsch: „Arno. Schön dich zu sehen. Ihr feiert gerade? Darf ich euch auch ein paar gute Schriften geben?" Ich hatte ehrlich gesagt nicht so die Riesenlust darauf, dass er seine – wie er sie nannte – guten Schriften an meine Kollegen weitergab, denn die hatten ja nun schon reichlich Alkohol in der Birne und das führte dann meistens zu unangenehmen Diskussionen.

„Hier, Arno!" sagte Flachmann und stellte insgesamt zehn Becher Glühwein auf den Tisch. „Deine Runde! Is auch mit für deinen frommen Kumpel. Musste nur noch bezahlen." Eigentlich hatte ich gar keine Runde ausgeben wollen, aber jetzt blieb mir nichts übrig, als dieser Anita 35,00 EUR zu geben. „35,00 EUR für zehn Glühwein!" murmelte ich. „Vorhin hat ein Becher nur 3,50 EUR gekostet. Das wird ja auch immer teurer."

Ich schob Hamsi auch einen Becher hin, aber der lehnte ab. „Nein, nein! Nicht Alkohol!" Er gehörte zu den Christen, die grundsätzlich keinen Alkohol trinken. (Was ja manchmal auch ganz sinnvoll ist, wie wir gleich bemerken werden.)

„Komm, jetzt stell dich nicht so an!" rief Kollege Steinhage dazwischen. „Wenn du dich hier in unser Land inti ... intrigieren willst, dann musste so'n Zeuch auch mal wechhaun!" Eigentlich war Steinhage eher für seine ausländerfeindliche Haltung bekannt, aber nach reichlich Glühwein schien er Hamsi spontan als neuen Kumpel zu betrachten.

Der blieb aber trotzdem standhaft und verabschiedete sich, nachdem er uns noch einige Traktate mit dem Titel „Vom Tellerwäscher zum Missionar" auf den Tisch gelegt hatte.

Auf den Rest bin ich nicht stolz. Wir führten eine kurze, aber sehr lebhafte Diskussion über den Glauben, bei der Kollege Flachmann laut aus dem Traktat vorlas und anschließend noch lauter über den halben Weihnachtsmarkt rief: FÜRCHTET EUCH ... NIIIIIIICHT!"

Ich bestellte noch eine Runde, um ihn zum Schweigen zu bringen. Und ich weiß noch, dass Steinhage, Flachmann und zwei oder drei andere Kollegen auch jeweils noch Glühwein holten.

Aber danach fehlt mir der Rest des Tages bis zu dem Moment, als Gittis Gesicht vor mir auftauchte und ich anschließend feststellte, dass ich zuhause im Sessel saß und heftige Kopfschmerzen hatte.

Mir war in diesem Moment klar, dass ich offensichtlich einige Fehler gemacht hatte und ich schämte mich gegenüber meiner Frau.

„Ich glaube, ich bin da irgendwie in was reingeraten, was ich lieber nicht hätte machen sollen."

„Ja, das glaube ich auch", sagte Gitti. „Es war eine etwas komische Erfahrung, dich so zu erleben."

„Kann ich mir vorstellen", stöhnte ich. „Danke, dass du mich vom Weihnachtsmarkt abgeholt hast. Ich kann mich wirklich an nichts mehr erinnern. Totaler Filmriss."

„Ich habe dich nicht vom Weihnachtsmarkt abgeholt, sondern von der Wohnung unseres Pastors. Du musst die drei Kilometer aus der Innenstadt bis zu Hoseas Haus gelaufen sein und hast dort das Lied ‚I'm too sexy' gesungen und ihm anschließend erzählt, du würdest die Lobpreisarbeit in der Gemeinde jetzt komplett anders aufziehen."

Mist! Als wäre es noch nicht genug, sich vor der eigenen Frau blamiert zu haben. Nein, ich Trottel musste auch noch unbedingt zum Pastor marschieren und mich endgültig lächerlich machen.

„Wie hat er denn reagiert?" fragte ich.

„Du hast ihm wohl irgendwas von Siggi erzählt und dass du immer noch nicht verstehen kannst, wieso er sterben musste. Hosea hat gesagt, er will mit dir drüber reden, wenn es dir wieder besser geht."

Toll! Ganz toll! Arno Nühm kriegt ein Gespräch mit dem Pastor, nachdem er besoffen vor dessen Haus aufgetaucht ist. Kann man noch tiefer sinken?

„Ach ja, und ein gewisser Zittrich, der Suchtbeauftragte aus deiner Firma, hat angerufen und wollte ebenfalls einen Gesprächstermin mit dir vereinbaren, weil irgendwer dich wohl bei ihm verpetzt hat. Ich habe ihm gesagt, dass du erstmal wieder nüchtern werden musst ..."

Einen Moment lang wollte ich sauer werden und meinen Frust an Gitti abreagieren. Aber erstens ging es mir dafür immer noch viel zu schlecht und zweitens wusste ich, dass ich mir die Sache ganz allein eingebrockt hatte.

Ich konnte es nicht fassen, wie sehr ich mich innerhalb kürzester Zeit zum Volldeppen gemacht hatte:

Gespräch mit der Ehefrau!

Gespräch mit dem Pastor!

Gespräch mit dem Suchtbeauftragten!

Fehlte da noch irgendwas, um es noch schlimmer zu machen? Gab es Fotos bei Facebook? Videos bei Youtube? Würde ich in den Nachrichten erwähnt?

Ich beschloss, zu meinem Fehler zu stehen und mich zu entschuldigen. Und ich fing bei Gitti an, die wahrscheinlich eine sehr unangenehme und peinliche Zeit mit ihrem betrunkenen Ehemann erlebt hatte.

„Entschuldige bitte", sagte ich deshalb. „Ich habe mich unmöglich benommen und du musstest das ausbaden. Das wird in dieser Form hoffentlich nie wieder passieren."

„Du hast dich ja quasi schon revanchiert", sagte Gitti und lächelte. „Danke, übrigens!"

Ich schaute misstrauisch zu ihr und befürchtete zunächst, dieses „Danke" sei nur ironisch gemeint, weil ich vielleicht noch irgendwelchen anderen Blödsinn angestellt hatte. Deshalb war meine Rückfrage eher etwas zögerlich: „Äh ... wieso?"

Sie sagte: „Ich habe die Tüte geöffnet, die du dabei hattest und – na ja, ich schätze, es war eigentlich als Weihnachtsgeschenk gedacht, aber ich habe das Collier jetzt schon gesehen."

„Das Collier?" fragte ich und verstand mal wieder gar nichts.

„Ja, das Collier. Ich habe erst gedacht, du hättest es vielleicht besoffen irgendwo geklaut. Aber dann habe ich vorsichtshalber bei Juwelen-Paalberg angerufen. Und die nette Verkäuferin hat mir berichtet, dass ein älterer, leicht übergewichtiger Herr in den Laden gekommen sei. Die Beschreibung passte auf dich und du hast zwar zunächst aufgrund deines Alkoholpegels dort wohl etwas rumgepöbelt, bist dann aber in Tränen ausgebrochen und hast angeblich gesagt ‚Meine Gitti ... meine Gitti ... das is' die Beste!' und dann hast du verlangt, dass das teuerste Brillant-Collier für deine Gitti eingepackt wird. Die Rechnung lag ja in der Tüte dabei. 2.499 Euro. Wow! Ich muss zugeben, dass mich das schon ein bisschen berührt hat. Also danke!"

Mist!

Mist! Mist! MIHIST!

Bin ich eigentlich völlig bescheuert? Zweitausendfünfhundert Euro? Bin ich eigentlich völlig bescheuert? Ach, das hatte ich ja eben schon gefragt ...

Okay, das war jetzt nicht mehr zu ändern. Ich konnte ihr ja schlecht in dieser Situation erklären, dass wir das Col-

lier gegen Modeschmuck im Wert von dreißig Euro um-
tauschen müssen. Mein Taschengeld für die nächsten
Jahre war weg, aber ich hatte es ja auch nicht besser
verdient. Und wenn endlich diese fiesen Kopfschmerzen
nachlassen würden und ich wieder klar denken konnte,
dann würde ich mir sicherlich auch eine Erklärung für
meinen Pastor, meine Gemeinde und die Firma einfallen
lassen.
Aber eine Sache ist mal klar: Nie wieder Alkohol!

Anmerkung des Autors:
Mir ist klar, dass einige Leser Probleme mit einem be-
trunkenen Arno Nühm haben werden. Und ich fürchte,
dass es bald wieder einige genervte und wütende Re-
zensionen gibt, in denen der unchristliche Lebenswandel
und die fehlende geistliche Reife des Hauptdarstellers
beklagt wird. Und wenn man dann noch bedenkt, dass
er davor sogar Rockmusik (!) gemacht hat ...
Auch mir hat dieses Verhalten ganz und gar nicht gefal-
len und ich habe sogar kurz überlegt, mich nach diesem
Kapitel von Arno Nühm zu trennen (irgendwas mit tragi-
scher Unfall beim Anklemmen eines Elektroherdes oder
Missverständnis mit dem Chef eines Rockerclubs oder
so ...). Aber Arno hat mir glaubhaft versichert, dass er
seine Lehren aus dieser Sache ziehen wird und dass er
sich künftig echt zusammenreißt. Also gebe ich ihm
noch eine Chance ...

8. Gespräche

Manche Erlebnisse tun auch zwei Tage später noch weh. Und damit meine ich nicht meine Kopfschmerzen, denn die hatten sich glücklicherweise am folgenden Tag erledigt. Aber diese beschämende Erinnerung an meine Alkohol-Eskapade, die mir die peinlichsten Stunden meines Lebens immer wieder durch den Kopf schießen ließ, tat richtig weh. Wobei ... genau genommen waren es trotz allem wohl nicht die peinlichsten, sondern nur die zweitpeinlichsten Stunden, denn die Sache damals mit der rutschenden Badehose beim Griechenland-Urlaub ... na ja, egal.

Der Weg zu meinem Büro kam mir vor wie ein Spießrutenlauf. Vermutlich bildete ich es mir nur ein, aber irgendwie wurde ich den Gedanken nicht los, dass jeder Kollege bei der Begrüßung irgendwas dachte wie: „Na, ist der Nühm heute mal nüchtern oder hat er sich wieder einen umgehängt?"

Ich wollte die Sache so schnell wie möglich klären und deshalb das Gespräch mit Herrn Zittrich zeitnah erledigen. Im Grunde genommen musste ich ja unserem Suchtbeauftragten nur kurz erklären, dass ich nicht zu seinen typischen Kunden gehörte und – abgesehen von diesem einmaligen Ausrutscher – meinen Alkoholkonsum absolut im Griff hatte. Das war in zwei Sätzen getan ... dachte ich.

„Guten Tag, Herr Nühm. Wie geht's?" fragte Herr Zittrich.
„Danke, gut. Bin seit zwei Tagen trocken, haha ..."
„Schön!" sagte er völlig emotionslos und kreuzte auf seinem Fragebogen bei der Frage ERKENNT DER ARBEIT-

NEHMER SEIN SUCHTPROBLEM? die Anwortmöglich-keit C.) JA, MIT EINSCHRÄNKUNGEN an.

Da musste er meinen Witz wohl völlig falsch verstanden haben. Es wurde Zeit, ihm alles ganz sachlich zu erklären: „Hören Sie, Herr Zittrich", sagte ich. „Das war eben nur ein Witz. Ich habe kein Alkoholproblem und ich weiß auch nicht, wieso ich hier überhaupt sitze ..."

Er strich Antwortmöglichkeit C.) durch und kreuzte stattdessen F.) an. Dort stand ERHÖHTE SUCHTPROBLE-MATIK DURCH BEHARRLICHES LEUGNEN.

Dann sagte er: „Schauen Sie, Herr Nühm. Ich bin dazu da, Ihnen zu helfen und gemeinsam mit Ihnen und eventuell auch mit Ihrer Frau eine Strategie für Ihr Problem zu erarbeiten."

„Meine Frau wird Ihnen gerne bestätigen, dass ich eigentlich fast gar keinen Alkohol trinke."

Er drehte den Fragebogen um und kreuzte bei Punkt 14 FAMILIÄRES UMFELD die Antwort D.) an CO-AB-HÄNGIGKEIT. EHEPARTNER LEUGNET SUCHT EBEN-FALLS.

Ich spürte so langsam, dass Herr Zittrich sich eifrig in mein angebliches Suchtproblem hineinsteigerte, egal was ich sagen würde. Aus diesem Grund versuchte ich es noch mal anders: „Ich vermute mal, dass Sie von irgendeinem Kollegen darauf hingewiesen wurden, dass ich vor zwei Tagen auf dem Weihnachtsmarkt zu viel Glühwein getrunken habe. Ich weiß nicht, was diese Petze Ihnen alles erzählt hat, aber außer diesem konkreten Vorfall gibt es in den letzten dreißig Jahren keine einzige Auffälligkeit bei mir. Und zwar nicht nur beruflich, sondern auch privat. Denn ich bin als gläubiger Christ und Mitglied einer freien Kirchengemeinde bis auf diese tragische Ausnahme grundsätzlich mit Alkohol sehr zurückhaltend."

Ich sah noch, dass er bei Punkt 19 die Möglichkeit A.) RELIGIÖSE WAHNVORSTELLUNGEN ankreuzte und wusste jetzt endgültig, dass der Typ nicht die Wahrheit hören, sondern lediglich einen neuen Fall haben wollte. Dafür war mir meine Zeit zu schade. Sollte er doch denken, was er wollte. Ich sagte deshalb zu ihm: „Kreuzen Sie da meinetwegen alles an. Wenn es irgendeinen konkreten Beweis oder Anhaltspunkt für eine Alkoholkrankheit bei mir gibt, dann schicken Sie mich zum Amtsarzt und machen Sie sich dabei lächerlich. Falls das aber nicht der Fall ist – und davon können Sie ausgehen – dann sollten wir beide uns jetzt wieder unseren eigentlichen Aufgaben zuwenden. Ich weiß nicht, woran Sie gerade arbeiten, mal abgesehen von diesem komischen Fragebogen, aber ich habe eine Menge Arbeit und eine sehr anspruchsvolle Aufgabe beim PUPS-Projekt." Ich stand auf, ging in mein Büro und habe lediglich einige Wochen später gehört, dass er wegen fortgeschrittener Vordrucksucht in stationäre Behandlung gekommen und anschließend zum Finanzamt gewechselt ist.

∎∎∎∎∎∎∎

Etwas wichtiger war mir da schon die Meinung von Hosea, denn ein Pastor ist ja so etwas wie eine natürliche Autoritätsperson. Außerdem würde er im Fall meines vorzeitigen Ablebens auch die Trauerpredigt für mich halten und die müsste nicht unbedingt beginnen mit den Worten: „Liebe Trauergemeinde, wir nehmen heute Abschied von Arno, der alten Saufziege ..."

Ich rief ihn deshalb tagsüber an und bat um einen Termin für ein klärendes Gespräch.

„In den nächsten Tagen ist es etwas schwierig, weil ich noch die Predigt für den vierten Advent vorbereiten muss", sagte er.

„Was gibt es denn da großartig vorzubereiten? Du predigst doch sowieso eigentlich immer das gleiche. Bibelstelle vorlesen, dann hinterher den Leuten ein bisschen schlechtes Gewissen machen und ihnen erzählen, dass es SO auf jeden Fall nicht weitergehen kann und fertig ..."

„Ich merke, du bist wieder in Form", lachte er.

„Na ja, ich würde trotzdem gerne versuchen, einige Dinge etwas geradezurücken nach meinem Ausfall neulich. Und je früher, desto eher."

Hosea zögerte trotzdem noch und wiederholte, dass eine gute Predigtvorbereitung absolute Priorität haben muss. Is' klar! Ich legte noch eine Einladung zum Essen im ‚Lotah Ko Seh' drauf und dann war sein Widerstand gebrochen.

Wir trafen uns am Freitag Abend. Da Gitti Spätdienst hatte, waren Hosea und ich allein. Das war mir auch ganz recht, denn so konnte ich sicher sein, dass sie meine Schilderungen eines eigentlich vorbildlichen Lebenswandels nicht mit irgendwelchen unqualifizierten Zwischenbemerkungen ruinieren würde.

Die Bedienung im ‚Lotah Ko Seh' begrüßte uns freundlich und fragte mich: „Wolle wiedda gute Flasche Lotwein?"

„Äh, nein, ich nehme – wie fast immer – dieses herrliche alkoholfreie Wasser und äh ... die Nummer vierundneunzig."

Hosea bestellte eine Tasse heißes Wasser!

„Und was möchtest du essen?" fragte ich. „Du bist eingeladen."

„Ich weiß, vielen Dank. Aber ich faste bis Montag."

„Du lässt dich in ein Restaurant einladen, obwohl du fastest? Das würde ich nicht durchhalten ...", sagte ich und fühlte mich im nächsten Moment genötigt, noch etwas hinzuzufügen: „Ich meine, ich bin eigentlich sehr willensstark und kann problemlos auf alles verzichten ... also jetzt, was Genussmittel angeht und so ..."

Hosea legte seine Hand auf meine, und für einen Moment hoffte ich, dass uns jetzt niemand so sieht. Jedenfalls keiner, der mich kennt.

„Pass auf, Arno!" sagte er und nahm seine Hand glücklicherweise wieder weg. „Du brauchst mir nichts zu beweisen. Ich kenne dich lange und gut genug, um zu wissen, dass die Aktion mit dem Glühwein ein Ausrutscher war. Und ich will mit dir auch nicht über Alkohol reden ..."

„Dann kann ich ja doch noch den Rotwein bestellen", sagte ich und lachte. Hosea verzog keine Miene. Pastoren verstehen Witze ja manchmal nicht sofort und deshalb muss man da etwas nachhelfen. Ich lachte also noch etwas länger und fügte dann vorsichtshalber hinzu: „War nur Spaß!" Immer noch keine Reaktion. Okay, dann werden eben keine Witze mehr gemacht.

Hosea war längst im Seelsorge-Modus: „Bevor Gitti dich neulich bei mir abgeholt hat, da hast du mir ja so einiges erzählt ..."

„Ja?" fragte ich unsicher und hoffte inständig, dass wenigstens die Sache mit dem ... also Dingens ... nein, das hatte ich ja wohl hoffentlich nicht ausgeplaudert.

„Du hast unter anderem darüber gesprochen, dass du ein Buch über Lobpreisarbeit rausbringen willst. Aber irgendwie wolltest du kein Sachbuch schreiben, sondern nur eine ironische Erzählung über einen Typen, der als Lobpreisleiter tätig ist und nie irgendwas richtig hinkriegt. So ganz habe ich es nicht verstanden."

„Auf so was kann man ja auch nur kommen, wenn man besoffen ist", sagte ich entschuldigend. Ein Buch mit Geschichten über einen Lobpreisleiter! So ein Schwachsinn! Also ehrlich!

„Aber das eigentlich wichtige war, dass du mit mir über Siggi geredet hast und über den Tod." Er schaute mich an, als erwarte er eine Reaktion von mir.

Ich zuckte mit den Schultern: „Sorry, aber ich weiß nicht mehr, was ich dir alles erzählt habe. Ich wüsste ja nichtmal, dass ich überhaupt bei dir war, wenn ich es nicht von Gitti erfahren hätte."

„Nun, ich hatte das Gefühl, du haderst immer noch mit Gott, weil deine Gebete nicht so erhört wurden, wie du dir das erhofft hattest. Die Sache scheint dich doch ziemlich stark zu belasten. Vielleicht nicht nur wegen Siggi, sondern auch deshalb, weil dir dadurch die eigene Sterblichkeit wieder mal bewusst wurde."

„Kann sein", sagte ich nachdenklich. Es war zwar nicht so, dass ich ständig Panik vor dem Tod hatte, aber in meinem Alter gab es natürlich Gedanken zu diesem Thema. Da waren Menschen im Bekanntenkreis, die schwer krank wurden und teilweise auch viel zu früh starben, so wie Siggi. Und da stand natürlich auch irgendwie die Frage im Raum: Wie lange habe ich noch?

Ich meine, mit knapp über fünfzig, da sind es normalerweise noch ungefähr dreißig Jahre, wenn alles glatt läuft. Und da die Zeit im Alter immer schneller vorbeifliegt, kommen einem die dreißig Jahre also höchstens wie fünfzehn vor. Und, nur mal angenommen, man würde gar nicht achtzig Jahre alt, sondern nur siebzig, dann wären es ja nur noch zwanzig Jahre, abzüglich der oben genannten „gefühlten" Kürzung um fünfzehn Jahre also nur noch fünf. Und wenn du dann noch ein bisschen weiter rechnest, dann kommst du ziemlich schnell zu dem Ergebnis, dass du eigentlich schon überfällig bist ...

„Also, es ist ja jetzt nicht so, dass ich Angst vor dem Sterben habe", antwortete ich trotzig. „Ich bin ja schließlich Christ und weiß, dass ich in den Himmel zu Jesus komme."

„Na ja, nach der Geschichte mit dem Glühwein bin ich mir da nicht mehr so sicher", sagte Hosea todernst, musste dann aber doch kurz danach lachen. Ich gebe zu, dass ich etwas erleichtert war, als sich seine Bemerkung als Witz herausstellte. Bei Pastoren weiß man ja nie, ob die nicht noch irgendwelche Bibelstellen kennen, die man als normaler Christ bisher nicht so ganz auf dem Schirm hatte.

„Das mit Siggi ...", ich zögerte etwas, denn ich suchte nach dem richtigen Ausdruck. „Na ja, manchmal verstehe ich Gottes Wege eben nicht so ganz. Warum konnte Siggi nicht einfach geheilt werden? Dann hätten alle seine Freunde und Bekannten und sogar die Ärzte gewusst, dass es einen Gott gibt, der Wunder tut."

„Ach, hör auf! Ich habe schon Ärzte gesehen, die sich nicht erklären konnten, wieso ein Tumor plötzlich nicht mehr da war und die genau wussten, dass Menschen für den Kranken gebetet hatten. Die haben dafür alle möglichen Erklärungen, die ihrer Meinung nach mit Glück, medizinischen Rätseln und meistens auch noch mit ihren eigenen Fähigkeiten zu tun haben, aber ganz bestimmt nicht mit einem Wunder Gottes."

Hosea erzählte anschließend von einigen interessanten Heilungserlebnissen, während ich mich mit Hingabe meinem Menü vierundneunzig widmete. Als er zwischendurch an seiner Tasse mit heißem Wasser nippte, konnte ich mir den Gedanken nicht verkneifen, wie merkwürdig man eigentlich sein muss, um gleich mehrere Tage lang zu fasten und sich dann auch noch beim Chinesen das leckere Jägerschnitzel entgehen zu lassen. Pastoren sind schon komische Menschen ...

Folgende Bemerkung von Hosea fand ich aber noch sehr wichtig: „Eigentlich ist es sogar gut, dass du Probleme mit der Frage hast, warum Gott im Fall von Siggi nicht eingegriffen hat. Oder sagen wir: Warum er nicht SO eingegriffen hat, wie wir das erwartet haben. Denn das zeigt ja auch, dass deine Erwartungshaltung und dein Glaube an ihn sehr stark sind. Ich finde das besser als jemand, der immer gleich zur Tagesordnung übergeht und sich die Dinge irgendwie schön redet, damit sie in sein frommes Korsett passen."

Mit dieser Aussage in Bezug auf meine Erwartungshaltung und meinen Glauben konnte ich gut leben. Wenn mein Pastor der Meinung ist, dass ich auf einem guten Weg bin, dann ist er damit auch auf einem ziemlich guten Weg ...

Als wir uns auf dem Parkplatz voneinander verabschiedeten, sagte Hosea noch: „Man sagt ja, dass Betrunkene angeblich immer die Wahrheit sagen. Mal abgesehen davon, dass du mich immer mit ‚Kurt' angesprochen hast. Aber weißt du, wovon du ansonsten noch ständig geredet hast?"

O nein, hatte ich ihm jetzt doch von ... Dingens ... erzählt? Hoffentlich nicht!

„Du hast mir mindestens zwanzigmal gesagt: ‚Gitti ist die Beste‘. Das finde ich sehr stark. Ich hoffe, du sagst es ihr auch persönlich, wenn du nüchtern bist.“

„Na ja, sie hat jetzt erstmal ziemlich teuren Schmuck geschenkt bekommen. Ich glaube, das reicht als Liebesbeweis für unsere letzten zwanzig oder dreißig gemeinsamen Jahre aus ...“

In diesem Moment kam Lemmy, der Bassist von „The Baluscheks“ um die Ecke. Er schaute zunächst Hosea an, dann mich und sagte dann grinsend: „Na, Lordie! Auch erstmal Stoff kaufen?“

„Lemmy!“ sagte ich vorwurfsvoll. „Der nette Mensch hier ist kein Dealer, sondern mein Pastor!“ Glücklicherweise hatte Hosea genug Humor, um damit klarzukommen, dass er als Schwarzer von manchen Leuten automatisch verdächtigt wurde, vor allem von Drogensüchtigen. Aber Hosea nutzte natürlich gleich die Gelegenheit, um Lemmy in unsere Gemeinde einzuladen: „Ich würde mich freuen, Sie mal in einem unserer Gottesdienste zu sehen.“

Lemmy nickte, schien aber gedanklich etwas überfordert zu sein: „Ja, cool, Mann! ... Aber sach ma ... ihr wisst nicht zufällig, wo mein Auto steht?“

9. Weihnachten mal Gans ...
äh ... ganz anders

Leni Krähwitz und das Lobpreisteam hatten ihre Sache am Heiligabend richtig gut gemacht! Ja, ich weiß, normalerweise hat ein Arno Nühm immer irgendwas zu meckern und muss natürlich auch deutlich machen, dass er es selbstverständlich besser hingekriegt hätte.

Hätte ich auch! Aber trotzdem darf man als altersmilder Lobpreisleiter ja auch mal eine junge Kollegin loben, die tolle Arbeit abgeliefert hat ... zumindest für eine Frau ... nein, den letzten Halbsatz streichen wir wieder. Unbedingt!

Ich hatte mich nur gefragt, wieso scheinbar jemand irgendwelche jaulenden Hunde mitgebracht hatte, die bei unseren Liedern ständig in ein jämmerliches Heulen und Winseln verfielen. Mein Freund Paul, der neben mir saß, meinte, es würde sich eher anhören wie ein kastrierter Dudelsack. Wir lachten beide.

Dummerweise musste ich etwas später ausgerechnet während des weihnachtlichen Krippenspiels der Seniorengruppe an diesen saublöden Spruch von Paul denken. Es ist nicht schön, wenn ein Lachkrampf ausgerechnet dann aus einem rausplatzt, wenn die 79-jährige Ute Russ als mehrfache Mutter und Oma vorne auf der Bühne in der Rolle der Maria sagt: „Ich bin eine Jungfrau, die von keinem Manne weiß!" Die Szene war irgendwie auch so schon komisch genug, aber natürlich lachte ich nicht ihretwegen. Nur leider dachte in diesem Moment trotzdem jeder, ich würde über sie lachen. Und aus diesem Grund handelte ich mir auch einige fiese Blicke aus der

Gemeinde und insbesondere von Familie Russ ein, zum Beispiel von Utes Mann Ika und Tochter Bela.

Glücklicherweise hatte ich kurz danach die Gelegenheit, die Sache klarzustellen, denn ich sollte direkt nach dem Krippenspiel eine Ansage zur Kollekte machen und nutzte dies für ein paar erklärende Worte: „Ihr Lieben, bevor ich etwas zu unserer Opfersammlung sage, die in diesem Jahr nicht wie sonst üblich für „Brot für die Welt", sondern für unser großes Silvesterfeuerwerk gedacht ist, möchte ich kurz etwas erklären. Einige von euch dachten vorhin, ich hätte während des Krippenspiels über Ute gelacht. Das stimmt aber nicht! Mir ist es wichtig, das zu erklären, denn in einer christlichen Gemeinde sollten wir liebevoll miteinander umgehen. Deshalb wäre es auch unangebracht, über alte Menschen zu lachen, die ja schließlich im Rahmen ihrer noch vorhandenen Fähigkeiten ihr Bestes versuchen ..." Ich schaute in diesem Moment zu Gitti, die mir gerade ein Zeichen gab, indem sie mit ihrer Hand vor dem Hals rumfuchtelte und die sogenannte Halsabschneidergeste machte. Normalerweise bedeutete dieses Zeichen, dass ich einfach mal die Klappe halten soll, aber ich interpretierte es in dieser Situation dummerweise etwas anders und sagte: „... und deshalb sind wir dankbar für unsere alten Geschwister, die sich noch mal aufbäumen, bevor sie dann endgültig ... äh ... heimgehen."

Merksatz: Gitti und ich müssen dringend an unserer Zeichensprache arbeiten!

Meine „Erklärung" kam nicht ganz so gut an und ich setzte mich wieder auf meinen Platz. Während meiner Ansage war meinem geschulten Auge aber die Ursache für die komischen Geräusche während der Lobpreissongs aufgefallen. Hinten links – wo ich die jaulenden Hunde vermutet hatte – saß nämlich dieser Ronny Baluschek, der auf Siggis Beerdigung so furchtbar falsch gesungen hatte. Offensichtlich war er mit seiner völlig talentfreien, aber leider sehr lauten Stimme für diese fiesen Töne verantwortlich.

Während des Weihnachtsgottesdienstes war mir nicht so richtig nach „Friede auf Erden" zumute, denn ich hatte natürlich bemerkt, dass nicht nur mein Gelächter beim Krippenspiel, sondern auch der anschließende Erklärungsversuch ziemlich daneben gegangen waren. Das hätte ich übrigens auch ohne Hoseas Bemerkung gewusst, der in seiner Predigt sagte: „Ich bin Gott sehr dankbar für unsere tolle Seniorengruppe, die uns allen ein Vorbild an Fitness, Engagement und Lebensfreude ist. So ähnlich meinte das sicherlich auch unser Arno bei seiner Ansprache vorhin ..." Alleine schon dafür, wie er dieses ‚unser Arno' betonte, hätte man ihm mal in seinen Pastorenhintern ...

Ich weiß nicht genau, worüber er dann gepredigt hat, das Thema war jedenfalls so ähnlich wie „Licht in den Herzen der Liebe" oder „Herzen in der Liebe des Lichts" oder „Liebe im Licht" ... irgendwas mit Kerzen war es zumindest. Am Ende der Predigt wurde ich jedoch relativ unsanft aus meinen Gedanken gerissen. Da ich mich gerade innerlich mit der Frage beschäftigt hatte, wie wir bei unserer Hauseinfahrt die Pflastersteine neu legen, hatte ich nicht mitbekommen, was Hosea gesagt hatte. Aber scheinbar war es ein Aufruf zum Gebet gewesen. Und offensichtlich ging es wohl darum, mit einer Haltung der

Vergebung auf einen Menschen zuzugehen, der uns Unrecht zugefügt oder uns innerlich verletzt hatte. Ich halte von solchen Gebets-Aktionen in der Gemeinde sowieso nicht gerade besonders viel und beteilige mich daran normalerweise auch nicht. In diesem konkreten Fall blieb mir aber keine Wahl, denn innerhalb von Sekunden hatte sich vor mir eine Schlange von insgesamt fast vierzig Leuten gebildet, die alle mit mir beten wollten. Und – was die Sache noch demütigender machte - die Letzten von ihnen standen in einer Kurve um den Weihnachtsbaum herum!

Jeder von ihnen legte mir die Hände auf und betete irgendwas wie „Sei diesem Sünder gnädig und segne unseren Arno" wobei sich dieses „unser Arno" meist so ähnlich anhörte wie „Lauf, Forrest, lauf!". Ich ließ diese Prozedur aber kommentarlos über mich ergehen, obwohl ich eigentlich lieber einen Schreikrampf bekommen hätte. Auf jeden Fall war jetzt klar, dass ich mal wieder irgendwas unternehmen musste, um mein Image aufzupolieren.

Da kam mir der Hinweis von Hosea ganz recht, der am Schluss des Gottesdienstes sagte: „Ich wünsche euch gesegnete Weihnachtsfeiertage mit euren Familien. Aber vielleicht denkt ihr auch an die Menschen, die einsam sind."

Gute Idee! Wir hatten seit vielen Jahren die Festtage immer mit unserer Tochter verbracht, aber die war jetzt in den USA. Deshalb fragte ich nach dem Ende des Gottesdienstes meine Frau: „Ist das okay für dich, wenn ich heute jemand zum Abendessen bei uns einlade, der sonst alleine wäre?"

Sie schaute etwas verwundert, denn offensichtlich kam ihr meine neue menschenfreundliche und fürsorgliche Art etwas verdächtig vor. Aber sie sagte: „Ja, natürlich. Der Kartoffelsalat reicht auch noch für ein, zwei Leute zusätzlich."

Apropos Kartoffelsalat! Ich fragte kurz nach, ob wir neben dem Salat auch über eine ausreichende Zahl von Bockwürstchen verfügten und somit sichergestellt war, dass für mich mindestens noch drei Bockwürstchen blieben, wenn man bei unserem Gast mal vorsichtig mit zwei Würstchen kalkulieren würde. Nachdem sie dies bestätigt hatte, lud ich Ronny Baluschek zu uns ein, um am Heiligabend ein gutes Werk für den Herrn und zur Aufbesserung meines Ansehens zu tun.

Dass Ronny sich überschwänglich freute, war noch okay. Als er mich aber spontan in den Arm nahm und rief: „Du bist mein rettender leuchtender Engel, den das große Licht zu mir gesandt hat", kamen mir erste Zweifel, ob bei ihm im Oberstübchen auch noch irgendein Licht leuchtete. Aber wenn ich jetzt einen Rückzieher gemacht hätte, dann wäre natürlich mein Ruf völlig am Boden gewesen, denn dafür hatten zu viele Leute das bereits mitbekommen.

Ich musste das Beste draus machen und sorgte wenigstens mit einer Durchsage übers Saalmikro für allgemeine Aufmerksamkeit: „ACHTUNG! ACHTUNG! GITTI NÜHM BITTE ZUM AUSGANG! WIR HABEN EINEN GAST, DER OHNE UNS AM HEILIGABEND ALLEIN GEBLIEBEN WÄRE! ES SPRACH ARNO NÜHM IM NAMEN DER MENSCHLICHKEIT. ENDE DER DURCHSAGE!"

∎∎∎∎∎∎∎

Ronny war einer dieser Menschen, die gleichzeitig essen und reden können. Innerhalb kürzester Zeit hatte er sich den größten Teil des Kartoffelsalats und fünf Würstchen reingeschaufelt und dabei trotzdem in aller Ausführlichkeit über diverse Krankheiten, eine fehlende Freundin, den Nerv mit dem neuen Lebensgefährten seiner Mutter, den FC Bayern München und über seine Verdauungsprobleme geredet (also die Verdauungsprobleme von Ronny, nicht die des FC Bayern ...).

Ich weiß, man sollte als Christ nicht schreiben, dass jemand nicht mehr alle Latten am Zaun hat, denn schließlich wird auch dieser Mensch von Gott geliebt. Aber Ronny Baluschek hatte nicht mehr alle Latten am Zaun!

Als er dann auch noch mit seiner geplanten internationalen Gesangskarriere anfing, musste ich es wissen.

„Sag mal Ronny. Kennst du eigentlich eine gewisse Else Baluschek?"

„Klar, das ist meine Tante."

„Ich hab's gewusst!"

„Was hast du gewusst?"

Gerade wollte ich irgendwas sagen wie: „So mies, wie du singst, musstest du einfach mit Else verwandt sein." Aber ich kam nicht dazu, denn Gitti fiel mir ins Wort: „Wir kennen deine Tante sehr gut. Sie war ja viele Jahre bei uns in der Gemeinde, bevor sie nach Afrika gegangen ist. Hast du noch Kontakt zu ihr?"

Selbstverständlich hatte auch Gitti eigentlich längst gemerkt, dass dieser Ronny ziemlich – nennen wir es mal - „schwierig" war. Sie wollte aber trotzdem nett sein, weil sie sich beruflich und privat mit Pflegefällen auskannte (und ich meine damit jetzt nicht mich!).

Ronny ging aber gar nicht auf ihre Frage ein, sondern erzählte ziemlich wirres Zeug über Energiesteine, die er als Schutz gegen die Stimmen (!) seines Vaters einsetzen konnte. Ich versuchte, diesen esoterischen Blödsinn mit einer Parodie zu beenden und sagte mit tiefer Stimme wie Darth Vader im Film „StarWars": „RONNY! ICH BIN DEIN VATER!"

Gitti schaute mich vorwurfsvoll an, weil sie noch im christlichen Helfermodus war. Doch das sollte sich bald ändern.

Zunächst beschwerte sich Ronny aber weiter über seinen Vater, der übrigens Rolf-Rainer Baluschek hieß und Elses jüngerer Bruder war. Nachdem Ronny erneut davon angefangen hatte, dass Baluschek senior mehrstimmig mit ihm redete, wollte ich zunächst einen Witz darüber machen, dass jedes Mitglied der Familie Baluschek ja scheinbar auch in gesanglicher Hinsicht immer mehrstimmig unterwegs sei. Aber ich riss mich zusammen und überlegte lieber, wie wir diesen Kerl möglichst schnell wieder loswerden konnten. Von alleine schien er jedenfalls nicht gehen zu wollen und redete einfach immer weiter. Deshalb musste man ihm offensichtlich einen Wink mit dem Zaunpfahl geben.

„Wenn der Ronny GLEICH gegangen ist, dann müssen wir uns auch endlich bei Steffi melden und ihr ein frohes Fest wünschen", sagte ich deshalb irgendwann zu Gitti.

Jeder halbwegs normale Mensch hätte das wohl verstanden und sich kurzfristig verabschiedet.

„Steffi? Ist das eure Tochter, die da auf dem Foto ist?" fragte er und deutete auf unser Familienposter aus New York.

„Jahaaaa!" sagte ich. Sowohl mein Blick als auch die Art und Weise, wie ich dieses „Jahaaaa!" betonte, hätten ihm Warnung genug sein sollen, sich jede weitere Bemerkung über unsere Tochter zu verkneifen.

Aber Ronny hörte vermutlich wieder zu viele Stimmen. „Die ist ja mal ein richtig heißes Gerät!" faselte er. „Da könnte ich ..."

„NEIN!" sagten Gitti und ich gleichzeitig.

„Ich meinte ja nur, dass ich ..."

„NEIN!"

Meine Gitti ist eine sehr nette und freundliche Frau (außer wenn man mit ihr verheiratet ist ...). Normalerweise dauert es schon relativ lange, bis jemand sie aus der Ruhe bringt (außer wenn man mit ihr verheiratet ist ...), und vor allem hat sie eigentlich ein großes Herz für Außenseiter (außer wenn man mit ihr verheiratet ist ...). Aber wenn sie der Meinung ist, dass irgendjemand unsere Tochter geringschätzig behandelt, dann kann sie sehr, sehr ärgerlich werden.

„Ronny, danke für deinen Besuch. Aber ich denke, es wird jetzt Zeit zu gehen", sagte sie kühl und unmissverständlich.

An dieser Stelle muss ich insbesondere für meine frommen Brüder und Schwestern kurz etwas erklären: Ronny war zweifellos ein Mensch, der Hilfe und Gebet brauchte. Normalerweise hätten wir ihm das auch angeboten und ihm hinterher natürlich dann schnell die Telefonnummer von Hosea gegeben, damit wir ihn los sind. Und normalerweise war ja immerhin wenigstens Gitti ein Mensch mit sehr viel Mitgefühl für Hilfsbedürftige. Aber wir können sehr unchristlich werden, wenn jemand unsere Familie beleidigt. Und deshalb hatte er spätestens mit seiner folgenden Bemerkung bei uns verschissen: „Eure komische Steffi, oder wie die heißt, ist doch sowieso nicht mein Niveau!"

„Du gehst jetzt!" sagte Gitti ärgerlich.

„Ja gleich", Ronny war wirklich ziemlich dickfellig. „Ich wollte nur noch ganz kurz mit Arno darüber reden, ob wir gemeinsam eine Band gründen."

Reflexartig wollte ich ein weiteres „Nein!" rufen, aber Gitti war schneller. Und sie war jetzt in Fahrt: „Nein! Nein! Nein! Auf gar keinen Fall. Ich weiß nicht, warum sich scheinbar noch niemand getraut hat, dir das zu sagen, aber: DU - KANNST - NICHT - SINGEN!" Nach jedem dieser vier Worte ließ sie ihre linke Hand wie ein Fallbeil von oben nach unten auf den Tisch knallen (... der arme Tisch!). Aber Gitti war noch nicht fertig: „Du triffst nicht nur die Töne nicht, sondern dir fehlt auch jegliches musikalische Verständnis und Talent. Das, was du machst, hat mit Gesang und Musik wirklich nichts, aber auch absolut gar nichts zu tun."

Ich wunderte mich trotz allem über die Heftigkeit ihrer Aussagen, aber ich hätte es nicht schöner sagen können.

„Mein Arno ist ein ECHTER Musiker!" Das ging runter wie Öl. Aber ich will es nicht aus dem Zusammenhang reißen und lasse sie deshalb noch mal anfangen:

„Mein Arno ist ein ECHTER Musiker!" Herrlich, wie sie das sagte. Aber jetzt wirklich in ganzer Länge:

„Mein Arno ist ein ECHTER Musiker! Er liebt die Musik, er übt fleißig und er hat Talent. Und er ist sich trotzdem nie zu schade gewesen, auch mal mit Leuten zusammen zu spielen, die vielleicht nur mittelmäßig begabt waren. Aber er hat es wirklich nicht verdient, in deine furchtbare Geräuschkulisse mit reingezogen zu werden." Ich mag es, wenn sie sich so für mich einsetzt ... man könnte sich dran gewöhnen.

Keine Ahnung, wie die Sache mit Ronny weiter verlaufen wäre und ob ich ihn irgendwann mit körperlicher Gewalt rausgeschmissen oder notfalls die Polizei gerufen hätte. Aber die kam dann schon von ganz alleine, weil Ronny seiner Mutter während des Besuchs bei uns eine SMS geschrieben hatte, in der eigentlich wohl stehen sollte „BIN BEI INTERESSANTEN MENSCHEN. KOMME SPÄTER." Stattdessen hatte sein Handy aber wegen der eingestellten Autokorrektur folgenden Text abgeschickt: „BIN BEI ISLAMISTISCHEN MÖNCHEN. BOMBE SPÄTER."

Die Leute vom Sondereinsatzkommando waren eigentlich ganz nett und haben sich entschuldigt, nachdem sie sich davon überzeugt hatten, dass bei uns keine gefährlichen Terroristen, sondern nur zwei weitgehend harmlose Christen und ein nicht ganz so harmloser Durchgeknallter anwesend waren.

Ich meine, die aufgesprengte Haustür, die Rauchbomben und die Blendgranaten, das kann ja mal passieren. Sicher ist es nicht so schön, wenn man eine Viertelstunde lang mit Handschellen gefesselt auf dem Boden liegen muss, aber die machen ja auch nur ihre Arbeit. Und sie konnten letztlich auch nichts dafür, dass Ronny während dieser Zeit „Born in the USA" von Bruce Springsteen quäkte, bis sie ihn endlich knebelten.

Eigentlich gab es nur eine kleine Irritation, als unsere Tochter Steffi während der Wohnungsdurchsuchung anrief und auf unseren Anrufbeantworter sprach: „Hallo Mutti und Papa! Aaron und ich stehen hier auf dem Flughafen in Hannover, weil wir euch mit einem Spontanbesuch überraschen wollen. Aber jetzt kriegen wir keinen Leihwagen und das Taxi ist zu teuer. Könnt ihr uns bitte abholen?"

Mir gelang es trotz der Handschellen zum Telefon zu robben und den Hörer abzunehmen, weil die Jungs vom SEK gerade im Obergeschoss unseren Wandtresor sprengten und deshalb abgelenkt waren.

„Hallo Steffi", sagte ich flüsternd, um trotzdem nicht zu früh von den Polizisten bemerkt zu werden. „Schön, dass ihr kommen wollt. Ich hole euch gerne ab, wenn hier die Polizeiaktion beendet ist und sie uns die Handschellen abgenommen haben."

Dass Kinder immer so extrem reagieren müssen, als ob ihre Eltern nicht mehr alleine klar kämen. Eine Stunde später waren sie jedenfalls dann doch mit dem Taxi gekommen, obwohl ich die Lage da längst wieder im Griff hatte und auch keine Handschellen mehr trug ...

10. Alte Lieder

Bedingt durch den Polizeieinsatz herrschte bei uns ein ziemliches Chaos, aber wir freuten uns natürlich trotzdem riesig über das unerwartete Wiedersehen mit Steffi ... na gut, und auch mit Aaron ...

Die Beamten hatten Ronny Baluschek gleich mitgenommen, weil bei der Überprüfung seiner Personalien herausgekommen war, dass neben mehreren Anzeigen wegen Ruhestörung auch eine amtsärztliche Zwangseinweisung in die Psychiatrie für ihn vorlag.

Gitti war durch die Ankunft von Steffi und Aaron sofort wieder in ihrem Element. Wenn die „Kleine" zu Besuch kam, dann musste sie natürlich erstmal was Vernünftiges zu essen bekommen, denn in den USA gab es ja eigentlich fast nichts. Gitti holte deshalb die für die Weihnachtsfeiertage gedachte Pute aus dem Kühlschrank und machte sich gemeinsam mit Steffi an die Zubereitung. Aaron wollte auch helfen, aber ich zog ihn mit den Worten beiseite: „Bei uns herrscht klassische Rollenverteilung. Die Frauen arbeiten in der Küche, während wir Männer uns in den Salon zurückziehen, eine Zigarre rauchen und uns über globale politische und wirtschaftliche Zusammenhänge unterhalten."

Solche Witze kann man bei Gitti natürlich nicht immer machen. Aber in diesem Fall wusste ich, dass sie sich so sehr über das Wiedersehen mit Steffi freute, dass selbst ich als ihr Ehemann ihre gute Laune nicht verderben konnte. Deshalb durfte ich es riskieren.

Sie lächelte milde und sagte: „Wenn die werten Herren noch die außerordentliche Güte und Gnade besäßen, im Gästezimmer für etwas Ordnung zu sorgen und dort das

Bett zu beziehen. Und falls es die kostbare Zeit noch zuließe, dann wäre anschließend noch der Tisch im Esszimmer zu decken und die Spülmaschine auszuräumen."
„Aber danach dürfen wir in den Salon!"
„Selbstverständlich! Nach dem Müll rausbringen, Toilette putzen, Staub saugen und Topflappen häkeln."
Hätte ich bloß die Klappe gehalten. Mal abgesehen davon, dass Aaron und ich fast fünf Minuten brauchten, um dieses blöde Spannbettlaken über die Matratze zu kriegen, mussten wir uns dann hinterher auch noch anhören, dass

a.) die Matratze jetzt halbkreismäßig gewölbt war

b.) das Spannbettlaken an zwei Enden eingerissen war und

c.) natürlich sowieso - wie immer - alles falsch war und wir nicht nur ein größeres Spannbettlaken, sondern auch statt der Satinbettwäsche mit den blaugrünen Streifen logischerweise die Biberbettwäsche mit den aufgedruckten graugelbroten Rechtecken hätten nehmen sollen. Ach ja, und warum denken Männer eigentlich nicht mal nach, bevor sie was machen?

d.) mit dieser Bettwäsche dann natürlich nicht die schon auf dem Bett liegenden Sommer-Steppdecken beziehen, sondern die im Unterbettkasten gelagerten Winter-Decken.

Die Punkte e.) bis k.) handelten von Allergiker-freundlichen Kopfkissen, einer zusätzlichen Fleecedecke (aber natürlich nicht die dunkelgraue, sondern die mittelgraue!) und der aus meiner Sicht eher philosophischen Frage, ob man auch dort unter dem Bett hätte Staub saugen müssen, wo man gar nicht hingucken kann.

Wir hatten trotzdem wunderschöne Weihnachten. Einer der Höhepunkte war der Nachmittag des zweiten Weihnachtstages, als wir auf Wunsch von Steffi das Grab von Siggi besuchten und dort zwei Lobpreislieder sangen, die Aaron auf der Gitarre begleitete. Keine Ahnung, ob mein alter Kumpel Siggi im Himmel was davon mitbekam, aber irgendwie war mir fast so, als hörte ich seinen Bass ... präzise wie ein Uhrwerk und voll auf die zwölf.

Ich hatte mir nach diesen Gedanken gerade die Tränen abgewischt, als ein älterer Herr auf uns zukam. „Ich war beim Grab meiner Frau, als ich Ihren Gesang hörte", sagte er. Ich fürchtete zunächst, er würde sich beschweren, aber er erzählte uns von seiner verstorbenen Frau: „Weihnachten ist für mich seit fünf Jahren eine schlimme Zeit, weil ich meine Petra unglaublich vermisse. Aber Sie haben mich mit Ihren Liedern ... na ja, es war sehr schön. Vielen Dank." Er drehte sich um und ging.

Das wäre doch jetzt mal eine tolle Gelegenheit gewesen, als Christ ein gutes Zeugnis zu sein und mit diesem älteren Herrn ins Gespräch zu kommen, dachte ich. Man hätte ihn auf einen Kaffee einladen können. Das wäre eine klasse Idee gewesen. Und wahrscheinlich hätte sich nicht nur der alte Mann darüber gefreut, sondern Jesus selbst wäre stolz auf uns gewesen und hätte vielleicht so was gedacht wie: Na also, der Arno kommt ja doch langsam da hin, wo ich ihn eigentlich schon lange haben wollte. Ja, das wäre richtig cool gewesen. Aber das ging natürlich nicht, denn schließlich war ja Weihnachten ...

(Kurze Pause, um den Lesern die Gelegenheit zu geben, sich darüber aufzuregen, dass Arno Nühm und vor allem der Buchautor und Erfinder dieser Ge-

schichte, Klaus Fischer, ungeistliche Vollhonks sind, denen jedes Mitgefühl fehlt …)

Nein, natürlich ließ ich den alten Mann nicht einfach so gehen, sondern fragte: „Darf ich Ihnen einen Vorschlag machen?" Er drehte sich wieder zu uns um und wischte sich schnell ein paar Tränen aus den Augen.
„Ich bin eine richtige alte Heulsuse geworden", sagte er entschuldigend.
„Ach, das ist doch kein Problem", antwortete ich und wollte ihn aufmuntern. „Ich habe damals auch geheult, als der VfL Bochum abgestiegen ist." Okay, der Vergleich war vielleicht jetzt nicht soooo gelungen. Aber ich wollte ihm ja von meiner Idee erzählen: „Was halten Sie davon, wenn wir speziell am Grab Ihrer Frau auch noch mal ein Lied singen?" Ich erklärte ihm kurz, dass unsere Lieder zur Ehre Gottes gesungen werden und nicht für Menschen. Aber vielleicht könnte diese spezielle Geste für seine verstorbene Frau ihm trotzdem ein kleiner Trost sein.
Er sagte leise: „Sie würden mich damit sehr glücklich machen." Während wir zum Grab seiner Frau gingen, erzählte er, dass sie sich kurz vor ihrem Tod für die Beerdigung gewünscht hatte, dass ein Chor ihr Lieblingslied „Schönster Herr Jesus" singt. Aber in der Kirchengemeinde, zu der sie gehört hatte, gab es leider keinen Chor. Und der Pastor hatte ihm gesagt, „Schönster Herr Jesus" sei ja nun sowieso kein Lied für eine Beerdigung und außerdem könne der Orgelspieler auch nur „So nimm denn meine Hände" und „Zehn kleine Jägermeister".
Ich wollte dem alten Herrn und seiner verstorbenen Frau diesen Wunsch nachträglich gerne erfüllen und sprach

deshalb kurz mit Aaron: „Auf dem Keyboard würde ich das Lied hinkriegen, aber wie sieht's bei dir mit der Gitarre aus?" Er schaute mich an, als hätte ich ihn gefragt, ob er schon mit Messer und Gabel essen kann. „Logisch!" sagte er knapp.

„Gut! Dann machen wir zumindest die erste Strophe, die kriegen wir wohl noch auswendig hin. Danach wird es schwierig."

„Hier!" sagte Steffi und hielt mir ihr Smartphone hin. Dort stand der Text des Liedes mit allen fünf Strophen. Diese jungen Leute … irgendwann können die mit den Dingern bestimmt sogar noch Emails empfangen oder Bahnfahrkarten buchen.

Wir standen dann vor dem Grab mit der Aufschrift „Petra Kappel". Aaron begann zu spielen. Er zupfte aus dem Stehgreif die Akkorde von „Schönster Herr Jesus" und legte die Melodie gekonnt drüber. Das war erstklassig. Und ich glaube, unser Gesang konnte sich auch hören lassen. Der Text des Liedes war natürlich für unsere Zeit etwas altmodisch formuliert, aber er brachte das menschliche Leben auf den Punkt. Und ich weiß wirklich nicht, wie ein Pastor auf die Idee kommen konnte, dass dieser wunderbare Text nicht für eine Beerdigung geeignet sein sollte.

Herr Kappel hatte während des Liedes die Augen geschlossen und stand auch dann noch regungslos da, als wir schon fertig waren. Einen Moment lang hatte ich Angst, dass er gleich umkippen könnte. Aber irgendwann sah er uns an und sagte mit leuchtenden Augen: „Danke!"

Gitti wollte ihn noch gerne zum Kaffee einladen, aber er lehnte höflich ab und wollte lieber allein sein. Natürlich konnte er uns aber nicht entkommen, ohne dass Aaron ihm noch ein paar evangelistische Worte mit auf den Weg gegeben hatte: „Wenn Sie mal den Wunsch haben, den Kontakt zu Gott und Jesus etwas intensiver zu gestalten, dann kann ich ihnen die Gemeinde meiner Schwiegereltern empfehlen. Die sind ganz in Ordnung und wie Sie an den beiden sehen, ist die Gemeinde auch für ältere Menschen geeignet."

Herr Kappel lächelte und sagte: „Ich wollte eigentlich nie wieder was mit diesem Gott zu tun haben, der mir meine Petra genommen hat. Aber nach ihrem Lied muss ich mich ja vielleicht doch mal langsam an ihn wenden."

Dann verabschiedete er sich und ging.

Ich wünschte ihm, dass sein letzter Satz wirklich eine tiefe Bedeutung für ihn hatte und dass er ihn befolgt hat.

11. Erwin

Steffi und Aaron blieben noch knapp drei Wochen bei uns. Immerhin kümmerte Steffi sich in dieser Zeit darum, dass sie nach der Rückkehr aus den USA wieder im Krankenhaus arbeiten konnte. Für Eltern ist das beruhigend, denn dieses „Lotterleben" als Musiker und/oder Bibelschüler führt ja auch auf Dauer zu nichts.

Eine kleine Auseinandersetzung gab es allerdings, als sich herausstellte, dass zur Hochzeit nicht zweiunddreißig, sondern sogar sechsundvierzig Bibelschüler aus Amerika anreisen würden. Gitti hatte in der Gemeinde für eine Reihe von Übernachtungsplätzen gesorgt und wir waren vorher davon ausgegangen, dass wir dann lediglich noch acht Leute plus Steffi und Aaron bei uns unterbringen mussten. Jetzt waren es plötzlich noch vierzehn Leute mehr.

„Wie stellt ihr euch das vor?" fragte ich. „Sollen Mama und ich da noch ein paar von denen mit zu uns ins Bett nehmen?"

„Aber dann nur knackige junge Männer!" witzelte Gitti. Ich schaute sie ernst an ... sehr ernst.

„Man muss da ja nicht gleich wieder irgendwas sexuelles reininterpretieren" sagte ich vorwurfsvoll. „Und wenn, dann kämen selbstverständlich nur junge Frauen in Frage. Aber das ist doch jetzt hier gar nicht das Thema!"

Wir einigten uns schließlich darauf, dass die Gäste keinerlei Ansprüche an Komfort stellen könnten und nur notdürftig im Wohnzimmer, im Esszimmer und im großen Campingzelt von Burmanns untergebracht werden, das dann bei uns im Garten stehen würde.

Mit sechsundvierzig Leuten aus den USA nach Deutschland! Für eine Hochzeit! Diese Bibelschüler haben doch alle 'ne Macke!

Ein bisschen wehmütig war uns trotzdem ums Herz, als wir uns am Flughafen von Steffi verabschieden mussten … na gut, und auch von Aaron. Aber andererseits war es natürlich sehr schön, die Wohnung wieder nur für uns zu haben. Man hat sie ja lieb, die Kinder. Aber auch erwachsene Kinder können manchmal etwas anstrengend sein.

Die Ruhe in den eigenen vier Wänden währte aber nicht lange. In diesem Fall lag das aber nicht nur an unserem Nachbarn Watermeier, der im Januar und Februar jeden Morgen um sechs Uhr mit seinem irre lauten motorisierten Schneepflug seine Einfahrt von drei bis acht Schneeflocken befreien musste und alle anderen Nachbarn damit weckte. Nein, es lag auch an der Oma von Mira Kellwipp, die wir ja für eine Woche in Pflege nehmen mussten. Gitti hatte sich damals dazu breit schlagen lassen, weil Kellwipps im Gegenzug dann im Mai eine Gruppe von Bibelschülern beherbergen würden. Meine Haltung zu diesem Thema war klar. Die Pflege dieser Oma war Gittis „Projekt". Sie hatte zugestimmt – ich nicht. Sie war Krankenpflegerin – ich nicht. Sie war es gewohnt, alte Menschen zu versorgen und anzufassen und … boah, mir wurde schon übel, wenn ich nur dran dachte.

Mira hatte sich seit Jahren um ihre gebrechliche Großmutter gekümmert und dafür auf vieles verzichtet. Aber jetzt sollte endlich ein lang geplanter Urlaub stattfinden und deshalb war Mira natürlich froh, dass Gitti sich bereit erklärt hatte, die Pflege für acht Tage zu übernehmen (wohlgemerkt: Gitti! - Nicht ich!).

Mira brachte ihre Oma deshalb am Sonntag Abend bei uns vorbei, nachdem ihr Mann Rainer und ich das schwere Pflegebett und einige andere Dinge in unser Esszimmer gebracht hatten. Die alte Dame konnte nicht mehr gut gehen und schon gar keine Treppen steigen und deshalb hatte Gitti entschieden, die ganze Aktion im Erdgeschoss stattfinden zu lassen. Mir war das im Prinzip egal, denn es war ja nicht mein Projekt, von der Möbelschlepperei mal abgesehen.

Na gut, und ich fasste natürlich auch noch mit an, als es darum ging, die Oma in ihrem Rollstuhl unsere Eingangstreppe hochzuwuchten. Diese zierliche Frau war höchstens 1,60 Meter groß, aber schwer wie ein Klavier. Hatte sie künstliche Hüftgelenke aus Blei, oder was? Während Rainer und ich gerade keuchend und pustend die Hälfte der acht Stufen mit dem schweren Rollstuhl samt Inhalt geschafft hatten, fragte sie mich: „Wer bist du?"

„Arno!" pustete ich zwischen zwei Atemzügen hervor.

„Nee!" sagte sie und schüttelte den Kopf. Wir stellten den Rollstuhl oben ab. „Doch, ich bin Arno!" sagte ich, als ich wieder einigermaßen Luft bekam.

„Nee, nee, nee!"

Mira erklärte die Sache: „Omas Mann hieß auch Arno. Und deshalb glaubt sie dir nicht, dass du Arno bist. Sie wird dich wahrscheinlich noch öfter fragen und am besten, du sagst einfach, dass du Erwin heißt oder so."

Das fehlte gerade noch, dass ich in meinem eigenen Haus jetzt Erwin heiße, dachte ich. Und außerdem würde ich dieser Frau nach meiner Planung ansonsten sowieso kaum begegnen, denn ich weiß ja nicht, ob ich es schon mal erwähnt habe, aber: Sie war Gittis Projekt!

Wir wünschten Kellwipps einen schönen Urlaub, winkten noch filmreif hinter dem Auto her und schoben die Oma anschließend in ihr Zimmer.

Dabei fragte sie mich: „Wie heißt du?"

„Arno!"

„Nee!"

„Doch!"

„Nee, nee!"

„Dohoch!"

„Neeeeeeheeeee!"

Auf solche Spielchen lasse ich mich doch gar nicht ein ... und außerdem war das Gittis Projekt. Zu meiner Frau sagte ich anschließend: „Ich werde dann jetzt erstmal joggen gehen."

„Du gehst laufen? Das ist ja ganz was Neues."

„Ich habe den Entschluss gefasst, meinen Körper wieder besser in Form zu bringen, um meiner Frau einen noch erotischeren Anblick zu gönnen."

„Na ja, das wird ja dann dauern ..." sagte sie.

Ganz nebenbei wollte ich natürlich mit meinem Training auch klarmachen, dass ich mich aus der Pflege der alten Dame vollkommen raushalten würde. Ich hatte mir deshalb vorgenommen, mal wieder eine knappe Stunde zu laufen und die große Runde durch die Feldmark zu absolvieren. Also ungefähr 11 Kilometer.

Wenn man erstmal in Schwung ist, dann macht das Laufen richtig Spaß. Ich flog förmlich an unserer Nachbarin, Sissi Topp, vorbei und bildete mir ein, dass sie mir sehnsuchtsvoll hinterherschaute und sich wünschte, auch mit einem so sportlichen Mann wie mir verheiratet zu sein. Ich grüßte auch das Ehepaar Ewald am Ende der Straße und beantwortete die äußerst blöde Frage: „Na? Trainieren?" mit einem lässigen „Jau! Aber nur zehn, elf Kilometer!"

Nach insgesamt etwa 400 Metern merkte ich, dass mein Anfangstempo vielleicht etwas zu hoch gewesen war und lief souverän etwas langsamer. Weitere 200 Meter später musste ich mit fiesen Seitenstichen und Schienbeinschmerzen kämpfen, quälte mich aber natürlich weiter durch ... jedenfalls noch etwa 50 Meter, bis ich am Ende meiner Kräfte ins Gras sank.

Glücklicherweise hatte ich zwei Snickers dabei, um die leergefegten Kohlehydratspeicher meines leidenden Körpers wieder aufzufüllen. Und nach einer knappen Viertelstunde fühlte ich mich stark genug, den Rückweg anzutreten, allerdings langsam gehend, damit mir wegen der fast übermenschlichen Anstrengung nicht schwarz vor Augen wird. Leider hatte ich kein Handy dabei, sonst hätte Gitti mich die 700 Meter natürlich auch fahren können.

Aber die war sowieso mit ihrer Pflege-Oma beschäftigt, die eigentlich Lotta Matthäus hieß, aber von allen nur Oma Lotta genannt wurde. Als ich nach Hause kam, fragte Gitti: „Hast du gleich kurz Zeit?"

„Ich komme gerade vom Training, darf ich vielleicht auch mal ein paar Stunden regenerieren?" fragte ich zurück.

„Ja, das mag ja sein, aber wir müssen sie noch duschen."

MOOOMENT, dachte ich! Und sagte: „MOOOMENT! Du glaubst doch wohl nicht, dass ich ... Nee, das kannst du gleich vergessen." Was erwartete die eigentlich von mir? Ich will in so was nicht mit reingezogen werden. Und ich will das auch nicht sehen. Und ganz bestimmt fasse ich doch keine alten Menschen an. Schon gar nicht direkt ... Buuaah! ...

Meine Frau kann gut mit Menschen umgehen. Eine knappe Stunde später standen wir zu dritt im Badezimmer. Gitti hatte mir erklärt, dass ich nur die Aufgabe übernehmen musste, Oma Lotta im noch angezogenen Zustand über den Absatz in der Dusche zu heben. Anschließend würde Gitti dann den Rest alleine machen, um der alten Dame ein Mindestmaß an Privatsphäre zu geben. Und ich sollte dann erst wieder reinkommen, wenn Oma geduscht, abgetrocknet und wieder angezogen war. Ich hätte mich natürlich trotzdem lieber komplett aus der Sache rausgehalten, aber sollte ich Gitti zumuten, diese bleischwere alte Frau alleine in die Dusche zu wuppen? Schließlich musste Gitti ja auch weiterhin einigermaßen fit bleiben, falls sie irgendwann in ferner Zukunft auch mich mal pflegen würde.

Als wir Oma Lotta schließlich ins Bett gebracht hatten, fragte sie wieder: „Wer bist du?" Und ich sagte: „Ich bin der, der Sie vorhin aus der Dusche gehoben hat, Frau Matthäus." Sie starrte mich an, als wüsste sie gar nicht, was ich ihr damit sagen wollte.

„Wer bist du?"

„Mein Name ist Arno Nühm, Frau Matthäus!"

„Sag einfach Oma Lotta zu ihr", meinte Gitti. „Das kennt sie."

„Ich heiße Oma ...äh Quatsch! Ihr macht mich echt fertig. Sie kapiert es doch sowieso nicht mehr."

„Rede normal mit ihr. Auch Menschen mit Demenz haben Respekt verdient."

„Ja, ja ... Schwester Gitti." Ich drehte mich wieder zu der noch älteren Frau und sagte trotzig: „Ich heiße Arno! Arno Nühm!"

„Arno?"

„Jaha!"

„Nee!"

„Doch!"

„Nee!"

DOHOCH!"

„Nee, nee, nee!"

„Ach komm, vergiss es!"

Die nächsten Tage waren anstrengend. Gitti hatte einige Tage Freischicht und kümmerte sich deshalb eigentlich um fast alles. Es war ja schließlich auch ihr Projekt! Aber auch ich musste erhebliche Mehrarbeit leisten, zum Beispiel einmal zur Apotheke fahren und ein Medikament abholen und ... nee, das war eigentlich schon fast alles.

∎∎∎∎∎∎∎

Am Donnerstag war es dann schließlich so weit. Gitti musste abends zum Dienst und ließ mich mit Oma Lotta alleine. Eigentlich sollte unser Pflegefall im Bett liegen. So hatte Gitti das zumindest geplant. Und ich hatte lediglich die Aufgabe, in der Halbzeitpause des Dortmund-Spiels einmal nach ihr zu sehen.

Das Spiel war ziemlich langweilig, denn die Italiener standen natürlich wie immer nur hinten drin. Ich hatte mir deshalb mein neues Keyboard geholt und spielte nebenbei einige Improvisationen mit kollateralen Quintensprüngen der obergärigen Bluestonleiter. Profis wissen da natürlich sofort, was gemeint ist und für die Laien nur ganz kurz: Es handelt sich um so was ähnliches wie Musik.

Dortmund hatte gerade nur knapp das 1:0 verpasst, aber das war nicht der Grund, warum mir fast das Herz stehen geblieben wäre. Denn als ich beiläufig zur Tür schaute, stand da Oma Lotta in ihrem weißen Nachthemd und starrte mich an. Ich weiß nicht, ob Sie sich den Horror dieses Anblicks ungefähr vorstellen können. Kennen Sie diese Zombie-Filme? Oder die Innenstadt von Hannover? Vor Schreck fiel mir das Keyboard runter. Wie hatte die Frau das geschafft? Sie saß normalerweise im Rollstuhl und konnte kaum drei Schritte gehen. Geschweige denn ohne Hilfe aus dem Bett kommen. Aber jetzt stand sie da und starrte mich immer noch an.

„Frau Matthäus ... Oma Lotta ... Was machen Sie hier?" fragte ich und musste tief Luft holen, um mich zu beruhigen. Aber auch sie atmete schwer und angestrengt. Ich bekam Angst, dass sie zusammenklappen könnte und führte sie deshalb zum Sofa, damit sie sich setzen konnte. Sie schien einerseits ins Leere zu starren, schaute mich aber dann wieder an und fragte zum ungefähr hundertsten Mal in den letzten Tagen: „Wer bist du?" Ich antwortete ebenfalls zum hundertsten Mal: „Ich bin Arno!"

„Nee!" rief sie und zitterte. Irgendwas schien sie aufzuregen. „Wer bist du?" fragte sie schon wieder.

Ach, egal! „Erwin!" sagte ich schließlich. „Ich bin Erwin."

„Erwin ..." wiederholte sie und irgendwie schien das jetzt für sie in Ordnung zu sein. Meine Güte, dann bin ich eben Erwin, wenn es sie beruhigt. Aber diese Erholung schien nur von kurzer Dauer zu sein, denn ihr Gesundheitszustand verschlechterte sich deutlich und der Atem wurde immer schwerer. Warum war Gitti nie da, wenn man sie brauchte? Ich musste auf jeden Fall den Notarzt rufen, das war klar.

„Ja, hallo. Hier ist Nühm. Schicken Sie bitte einen Notarztwagen nach Todtenhausen. Einer älteren Dame, die hier bei uns zu Besuch ist, geht es scheinbar sehr

schlecht, Sie bekommt keine Luft mehr und ist kaum ansprechbar …
Ja …
Karl-Gerd-Striepecke-Straße 49 …
bei Nühm …
Arno Nühm!"
„Arno? Nee! Nee! Nee!" krächzte Oma Lotta im Hintergrund und schien sich sofort wieder aufzuregen.
„Nein, ich bin Erwin!" rief ich ihr zu. „ERWIN!"
Die Frau in der Notrufzentrale fragte auch noch mal nach, wie ich denn nun wirklich heiße.
„Nein, für Sie heiße ich Arno. Sie haben mich schon richtig verstanden. Aber für die Dame hier bin ich Erwin …
Nein, Sie brauchen keinen zweiten Wagen zu schicken. Mir geht es gut."
Was macht man, während man auf einen Notarztwagen wartet? Mal abgesehen davon, dass man zwischendurch kurz registriert, dass beim Fußball immer noch nichts passiert war. Ich setzte mich neben Oma Lotta. „Immer schön atmen", sagte ich und meinte damit auch mich selber. Ich spürte, wie sie zitterte und nahm sie wieder in den Arm. In meiner Hilflosigkeit sagte ich irgendwas wie: „Ja, der Erwin ist ja da."
Ich kenne mich medizinisch überhaupt nicht aus und wahrscheinlich machte ich so ziemlich alles falsch. Aber ich war selber auch viel zu aufgeregt, um klar zu denken. In diesem Moment hatte ich das Gesicht des alten Herrn Kappel vor Augen, den wir vor ein paar Wochen auf dem Friedhof getroffen hatten. In meiner Hilflosigkeit begann ich deshalb „Schönster Herr Jesus" zu singen und irgendwie hatte ich das Gefühl, dass Oma Lotta dadurch etwas ruhiger wurde. Leider war Steffi nicht da, um mir

den Text auf dem Smartphone zu zeigen, aber bis auf einige fehlende Worte bekam ich es ganz gut hin. Und – als hätte irgendein sentimentaler Hollywoodregisseur die Hand im Spiel - genau in dem Moment, als ich die letzte Zeile gesungen hatte „Nichts soll mir werden lieber auf Erden als du, der schönste Jesus mein" atmete sie zum letzten Mal. Oma Lotta war gestorben.
Es ist schon kurios. Ich kannte diese Frau erst seit ein paar Tagen und trotzdem ging mir das jetzt nahe.

■■■■■■■

Der Notarzt kam kurz danach und bestätigte nach seiner Untersuchung das, was ich auch so schon wusste. Die Formalitäten gestalteten sich allerdings etwas schwierig, weil wir natürlich keinen Personalausweis von Lotta Matthäus hatten und ihre einzigen Angehörigen auf einem Schiff in der Karibik waren. Aus diesem Grund musste dann auch noch die Polizei hinzugezogen werden. Aber einer der Beamten begrüßte mich gleich mit den Worten: „Ach, Sie schon wieder. Diesmal kein Terroralarm mit Handschellen … Ha,ha."
Witzig!
Aber apropos Handschellen! Mir fiel ein, dass ich Gitti Bescheid geben musste. Ich schickte ihr eine SMS:

OMA LOTE KRNAK GWORDEN KRIEGE KEIN3 LUFT HABE NTARTZ GERUFEN IS TOT

Keine Ahnung, was daran unverständlich gewesen sein soll, aber sie rief kurz danach an und wollte wissen, was eigentlich passiert war. Ich erklärte es ihr:

„Oma Lotta ging es schlecht. Sie ist irgendwie alleine aufgestanden und stand plötzlich hier im Wohnzimmer. Und dann ist sie ..."

Da der Fernseher noch lief, bekam ich in diesem Moment mit, dass Dortmund jetzt doch noch das 1:0 gemacht hatte. Schöner Volleyschuss in den Winkel. Unhaltbar!

„ ... äh, ist sie gestorben. Der Notarzt war da, kam aber zu ... ".

Moment! Das Tor wurde nicht anerkannt? Das soll Abseits gewesen sein? Der ist doch wohl blind, der Linienrichter.

„ ... Was? Nein, der Arzt kam zu spät. Hab ich doch gesagt ... Nein, ich bin nicht abgelenkt. Ich bin voll konzentriert", erklärte ich meiner Frau, die mal wieder der Meinung war, ich sei nicht richtig bei der Sache. Weiber!

Wir verständigten uns darauf, dass sie ihre Arbeit normal beendet, weil alles andere sowieso erst am Morgen erledigt werden konnte. Und außerdem konnte ich dann wenigstens noch die Zusammenfassung vom Gladbachspiel sehen, auch wenn das Sofa ja noch belegt war.

Als Gitti von der Nachtschicht kam, war der Leichenbestatter auch gerade da, um den Leichnam abzuholen. Uns war klar, dass wir jetzt kurzfristig Mira verständigen mussten. „Wie soll ich das denn jetzt Mira erklären? Die macht gerade Urlaub in der Karibik und ahnt nichts. Und dann kann ich ihr mitteilen, dass ihre Oma tot ist, die bei mir zur Pflege war", sagte Gitti frustriert.

Ich versuchte sie etwas aufzumuntern: „Meine Eltern hatten mal unseren Hamster im Urlaub in die Tierpension gebracht. Und der war dann auch tot, als wir wiederkamen."

„Toll, Arno! Ganz toll! Vielleicht rufst du gleich bei Mira an und erklärst ihr das genau mit diesem Beispiel", sagte sie ironisch.

Früher hätte ich in dieser Situation sicher irgendwas gerufen wie: „Ja, meine Güte! Was kann ich denn dafür, wenn um mich herum ständig alle sterben?" und mich anschließend in meinem Selbstmitleid gebadet. Aber jetzt war ich natürlich älter und reifer und wusste, dass ich meiner Frau beistehen musste.

Na gut, also in Wirklichkeit habe ich das trotzdem erst noch gerufen, aber danach, da habe ich ihr dann geholfen ...

12. Der Vorhang fällt

Drei Wochen später hatten wir uns schon gewundert, wieso ein Drahtseil in knapp drei Meter Höhe durch die Gemeinde gespannt war. Zunächst war meine Befürchtung gewesen, dass Günter Siekmann dahinter steckte und wieder einen seiner merkwürdigen Auftritte als schwebender Heiliger oder etwas ähnliches plante.

Aber die Lösung des Rätsels war einfacher und auch deutlich besser. Hosea hatte in seiner Predigt darüber gesprochen, dass zunächst nur das Volk Israel als auserwähltes Volk galt und dass im Alten Testament alle anderen Völker die Heiden waren. Und um diese Trennung zwischen den Völkern anschaulich zu machen, hatte Hosea dann mitten in der Predigt einen schwarzen Vorhang an diesem Seil aufhängen lassen, der die Gemeinde in zwei Lager teilte.

„Stellt euch vor, dass alle, die hier auf der linken Seite sitzen, das auserwählte Volk Israel sind", sagte Hosea. „Und auf der anderen Seite sitzen die Heiden!"

Allgemeines Gelächter und Gemurmel. Irgendwer rief von der anderen Seite: „Mit den Unbeschnittenen wollen wir nichts zu tun haben!" Wieder lachten die meisten.

Außer Günter Siekmann. Der hatte sich auf der „heidnischen" Seite nämlich sichtlich unwohl gefühlt und war auf seinem Stuhl hin und her gerutscht. Als Hosea jetzt gerade mit seiner Predigt weitermachen wollte, stand Günter auf und sagte: „Entschuldigung, aber mein Stammplatz ist normalerweise auf der anderen Seite beim auserwählten Volk ..." Er nahm seinen Stuhl und wollte durch den Vorhang marschieren, wickelte sich aber bei dieser Gelegenheit irgendwie ziemlich ungeschickt in den schwarzen Stoff ein, was ziemlich kurios wirkte. Da er sich mehr und mehr verhedderte, riss irgendwann die Wandhalterung des Drahtseils und der ganze Vorhang stürzte runter. Günter stand dort jetzt mit einer schwarzen Hülle. Mein Freund Paul rief in diesem Moment: „Der schwarze Reiter!", was schlagartig zu noch mehr Gelächter führte. Günter zappelte noch wilder und lag irgendwann am Boden.

Ich habe keine Ahnung, ob Hosea tatsächlich damit gerechnet hatte, dass Günter wieder irgendwas Schwachsinniges unternimmt, aber er reagierte als Pastor ziemlich souverän. Zunächst half er Günter auf und sagte dann zur Gemeinde: „Als der Vorhang im Tempel zerriss – und ich bin sicher, dass Günter damals nicht dabei war – da wurde die Trennung zwischen Gott und uns Menschen aufgehoben. Seitdem kann jeder Mensch, egal welcher Herkunft, zu Gott kommen und durch den Glauben an Jesus zu einem Anbeter werden."

Wären doch alle Predigten so anschaulich. Ich ging nach dem Gottesdienst zu Hosea, um mich zu bedanken. Klar, der Kerl kriegt seine Kohle dafür, dass er sonntags vernünftige Predigten abliefert. Aber man kann ja auch mal freundlich darauf hinweisen, dass er heute sein Geld wert war …

Er stand mit Leni Krähwitz vorne auf der Bühne. Die beiden unterhielten sich über Anbetung. „Ach, Arno", sagte Hosea. „Gerade haben wir über dich gesprochen." Ich mag es nicht, wenn Leute über mich sprechen. Schon gar nicht, wenn ich dann dazu komme und in dem Moment wie ein Depp da stehe, weil ich nicht weiß, worum es gerade ging.

„Hosea und ich sind der Meinung, dass du wieder deiner Berufung folgen solltest", sagte Leni.

„Ich bin ja in meiner Berufung. Die Aufgabe in der Finanzbuchhaltung der Firma ruht nur, bis wir das PUPS-Projekt beendet haben. Aber woher wisst ihr das überhaupt?" fragte ich.

„Nein, ich rede nicht von deiner Arbeit. Ich meine deine Berufung als Anbeter", antwortete Leni.

„Ach so, das ..." Ich zögerte etwas, ob ich meine Überlegungen zu diesem Thema wirklich mit den beiden teilen sollte, oder ob das vielleicht zu depressiv rüberkommen könnte. Aber eigentlich war es auch egal: „Wisst ihr, ich glaube, Gott kommt da auch ohne mich ganz gut klar. In letzter Zeit hat sich meine musikalische Anbetung auf Lieder bei Beerdigungen beschränkt. Und ansonsten habe ich mit alten Menschen auf dem Friedhof oder auf dem Sterbebett gesungen."

Hosea kannte die Begebenheit mit Oma Lotta und hatte sie sogar vor einigen Tagen in der Trauerpredigt erwähnt.

„Weißt du, Arno ...", sagte er und ich wusste in diesem Moment, dass er nach einem „Weißt du, Arno" wieder einer seiner üblichen Vorträge halten würde. Hosea hatte die typische Pastorengabe, dir auf eine ganz freundliche, aber bestimmte Art klarzumachen, dass du mit deiner Haltung völlig daneben lagst.

„Weißt du, Arno! Du hast über viele Jahre den Lobpreisdienst geleitet und unserer Gemeinde mit deiner Begabung musikalisch gedient. Aber ich glaube, dass der Herr dich gerade in der letzten Zeit neu gebraucht hat. Dieser Dienst an der sterbenden alten Frau oder die Begegnung mit dem alten Mann auf dem Friedhof, von der du mir erzählt hast, das waren keine Zufälle. Ich glaube, dass du gerade die Erfahrung machst, dass Anbetung nicht nur Musik ist, sondern dass sie aus der Tiefe des Herzens kommt. Und diese Situationen, die du da in der letzten Zeit erlebt hast, die waren vielleicht kostbarer als vieles vorher."

„Ach ja?" sagte ich trotzig. „Und die Sache mit diesem durchgeknallten Ronny Baluschek, bei der ich dann zum Schluss mit Handschellen unter dem Tisch lag, das gehörte auch dazu?"

„Das hast du mir noch gar nicht erzählt", sagte Leni und schaute mich erwartungsvoll an.

„Nein, und ich möchte da auch eigentlich nicht mehr drüber reden. Hosea hat es ja auch nur erfahren, weil die Schwester von Martha Pfahl bei uns in der Nachbarschaft wohnt und während des Polizeieinsatzes per Telefon die Nachricht verbreitet hat, ich hätte mich in die Luft gesprengt und anschließend Geiseln genommen."

„Besonders die ungewöhnliche Reihenfolge der von Martha geschilderten Ereignisse hatte mich damals beunruhigt", sagte Hosea lächelnd.

Aber wir kamen ziemlich schnell auf das eigentliche Thema zurück. Leni sagte, sie sei fest davon überzeugt, dass ich wieder aktiv im Musikdienst der Gemeinde mitarbeiten soll. Sie sagte: „Musikalisch bräuchten wir dich ja vielleicht gar nicht so sehr ..."

Na ja, ich würde sagen: Doch, eigentlich braucht ihr mich GERADE musikalisch ...

„... aber die ganze Gemeinde kann von deiner Demut lernen, mit der du in den letzten Monaten so viele gute Dinge getan hast."

Demut? Seit wann hatte das, was ich mache, mit Demut zu tun? Ich meine, während der Sterbebegleitung bei

Oma Lotta habe ich nebenbei Fußball geguckt und bei meinen letzten musikalischen Einsätzen wollte ich ja wohl auch ganz gerne einen guten Eindruck hinterlassen und als guter Musiker da stehen. Spielt Arno Nühm wirklich für den Herrn oder spielt er nicht eigentlich auch hauptsächlich für sich selbst? Das war hier die Frage. Und wenn ich ehrlich zu mir selbst war, dann müsste ich wohl die Antwort b.) ankreuzen.

Diese Gedanken gingen mir während unserer Unterhaltung durch den Kopf, aber ich wollte es den beiden so in dieser Form nicht sagen, denn ein Pastor muss ja schließlich nicht unbedingt wissen, was ich wirklich denke. Wir vereinbarten deshalb, dass ich weiter über das Thema nachdenke und – wie man in frommen Kreisen sagt – dran bleibe.

■■■■■■■

Apropos dran bleiben! Gitti hatte sich sehr gefreut, dass ich ihr bei der Arbeit mit Oma Lotta geholfen hatte und mich auch nach dem Tod (... also nach dem Tod von Oma Lotta, nicht nach meinem ...) noch um die Formalitäten gekümmert hatte, bis Familie Kellwipp wieder aus dem Urlaub zurück war. Unter anderem hatte ich dafür gesorgt, dass wir doch schon vorher an den Personalausweis kamen, obwohl die Familie keinen Schlüssel da gelassen hatte. Aber manchmal hat es auch Vorteile, wenn man in der Gemeinde Leute hat, die in ihrem „früheren" Leben gewisse kriminelle Erfahrungen gesammelt hatten. Unser lieber Glaubensbruder Dietrich Börgler hatte für das Öffnen der Haustür von Kellwipps jedenfalls keine zwanzig Sekunden gebraucht und so konnten wir die nötigen Formalitäten zeitnah abwickeln. Und deshalb hatte Gitti mich zum Dank für meine Hilfe zu einem Konzert des berühmten afrikanischen „Serengreti-Gospel-Choirs" nach Hamburg eingeladen.

Während der Fahrt zum Konzert dachte ich über die Frage nach, ob das Lobpreisteam nicht nur meine Vergangenheit, sonder auch meine Zukunft sein könnte. Gitti war mir da keine große Hilfe, denn sie schlief während der kompletten Fahrt auf dem Beifahrersitz. Na ja, bei älteren Frauen wird das mit der Nachtschicht eben auch immer anstrengender ...

Ich betete darum halblaut im Auto, während gerade die neue Worship-CD von Anne Goose-Young lief: „Herr, ich weiß, dass ich trotz der vielen Jahren immer noch nicht so bin, wie du mich gerne hättest. Und da ich ziemlich oft einfach das gemacht habe, was ich wollte und dich dabei nicht gefragt habe, will ich jetzt nur noch tun, was du willst ..."

„Das ist gut", sagte Gitti, die beim letzten Satz wach geworden war.

„Ich rede gerade nicht mit dir, sondern mit Jesus", stellte ich klar. „Schlaf du da mal weiter, während ich hier was klar mache."

„Okay", sagte sie müde und drehte sich wieder zum Fenster. Trotzdem war ich zunächst etwas aus dem Konzept gebracht, denn wenn ich was mit meinem Erlöser klären will, brauche ich meine Privatsphäre. Ich drehte also die Musik etwas lauter, dort lief gerade „Come back to worship", einer meiner Lieblingssongs.

Und dann flüsterte ich einfach, weil ich davon ausging, dass Jesus bei der lauten Musik auf jeden Fall besser hören konnte als Gitti. „Herr, wie eben schon gesagt, ich will erkennen, was dein Wille ist. Und da ich das immer nicht so richtig begreife, bitte ich dich um ein Zeichen. Am besten gleich heute! Also, wenn du willst, dass ich wieder Lobpreisarbeit mache, dann lass etwas außergewöhnliches beim Gospel-Konzert passieren."

Das fand ich ziemlich clever von mir, denn jetzt musste Jesus sich was einfallen lassen.

Und das tat er!

Um die Spannung noch künstlich etwas zu erhöhen, könnte ich jetzt natürlich noch mal ausführlich darüber berichten, dass wir eigentlich etwas zu früh in Hamburg waren und deshalb noch ein Fischbrötchen bei Matjes-Möller gegessen haben. Aber das interessiert ja sowieso keinen und deshalb lasse ich es weg.

Leider kamen wir durch die Sache mit dem Fischbrötchen bei Matjes-Möller dann etwas spät. (Gut, dass ich es doch nicht weggelassen habe, denn sonst wüsste ja jetzt keiner, was die „Sache" mit dem Fischbrötchen bei Matjes-Möller überhaupt war.) Dadurch hatten wir in der großen Halle dann leider nur noch Plätze im hinteren Bereich, obwohl man für einen stolzen Eintrittspreis von 47,50 EUR ja vielleicht auch reservierte Plätze hätte erwarten können. Ich freute mich aber trotzdem auf das Konzert, denn ich hatte schon viel vom großen „Serengreti-Gospel-Choir" gehört, der nicht nur für seine hervorragende Musik berühmt war, sondern auch für die tolle Bühnenshow der Tänzer.

Um Punkt 20 Uhr wurde das Licht im Saal ausgeschaltet. Hinter dem großen schwarzen Vorhang vor der Bühne konnte man einige Scheinwerfer erkennen. Das Orchester begann zu spielen und irgendwann setzte auch der Chor ein, den man allerdings noch nicht sehen konnte.

„Singen die da jetzt die ganze Zeit hinter der Gardine?"
fragte ich. Aber die Frage erübrigte sich kurz danach,
denn beim ersten Refrain fiel der schwarze Vorhang nach
unten. Auf der hell erleuchteten Bühne konnte man jetzt
links das Orchester und rechts den großen Chor sehen.
Einige als Tiere verkleidete Tänzer sprangen in der Mitte
umher, was schon etwas gewöhnungsbedürftig aussah.
Ich konnte mir deshalb eine Bemerkung nicht verkneifen:
„Das erinnert irgendwie ein bisschen an eine Mischung
aus ‚König der Löwen' und „Starlight-Express", nur ohne
Rollschuhe", sagte ich leise zu Gitti.
„Ich find's toll", flüsterte sie. Und falls jetzt wieder alle
selbsternannten christlichen Eheberater denken, dass ich
bestimmt trotzdem weiter rumstänkern werde und meiner
armen Frau den Abend versaue … Irrtum!
„Ich doch auch. Hab nur Spaß gemacht." Und damit die
oben erwähnten selbsternannten christlichen Eheberater
auch endgültig die Klappe halten, füge ich noch folgenden Absatz hinzu:
Gitti lächelte mich liebevoll an und formte mit ihren Händen ein Herz, wie es die Fußballer machen, wenn sie den
Fans zeigen wollen, wie sehr sie den Verein lieben, bevor
sie dann doch kurz danach zum FC Bayern wechseln.
Ich lächelte ebenso liebevoll zurück, warf ihr einen imagi-
nären Kuss zu und flüsterte „… love you". Dann nahm ich
zärtlich ihre Hand und hauchte ein verliebtes: „Danke für
den schönen Abend!"
Okay, das war jetzt etwas zu dick aufgetragen, aber für
die Eheberater war es mir das wert. Und immerhin, den
einen Satz habe ich wirklich gesagt: „Danke für den
schönen Abend!"

Im nächsten Moment hörte ich ein energisches „SCHSCHSCHTTTT! Bitte leise!" von hinten. Ich hob entschuldigend die Hand und konzertierte ... äh, konzentrierte mich wieder auf das Konzert. Dort vorne sang gerade ein Solosänger irgendwas mit „Circle of Love" und wurde dabei von einem richtig guten Gitarristen begleitet, der von weitem so ähnlich aussah wie Klaus Tralisch, ein früherer Gitarrist unseres Lobpreisteams.

Gleichzeitig hopsten einige Tänzer über die Bühne und dabei fiel mir besonders die Hauptdarstellerin in ihrem hautengen Anzug mit Leopardenmuster auf.

Nein, nicht was Sie jetzt wieder denken! Sie fiel mir nicht wegen des hautengen Leopardenanzuges auf, sondern deshalb, weil sie eine verblüffende Ähnlichkeit mit Thea Tralisch hatte, der Frau unseres ehemaligen Gitarristen. Thea war die Tochter von Else Baluschek und hatte mit ihren Tanzdarbietungen in der Gemeinde unser Lobpreisteam – nun ja – ergänzt, bevor sie dann mit Klaus nach Australien gegangen war, um dort Profitänzerin zu werden.

Aber konnte das sein? Die Ähnlichkeit war jedenfalls verblüffend, auch wenn dieses Leopardenmuster mich etwas irritierte.

Nein, nicht was Sie jetzt wieder denken! Und außerdem stehe ich auch überhaupt nicht auf Leopardenmuster und das gehört ja jetzt auch gar nicht hier her ... Also jetzt volle Konzentration und REINE Gedanken.

Ich flüsterte Gitti zu: „Die Tänzerin und der Gitarrist sehen aus wie Thea und Klaus Tralisch, oder?"

„Habe ich auch gerade gedacht", antwortete sie leise.

„Das wäre ja echt ein Ding", sagte ich.

„SCHSCHSCHTTT!" kam wieder von hinten. Ich hob erneut entschuldigend die Hand. Meine Güte, man wird ja wohl noch mit seiner Frau flüstern dürfen. Und so leise war die Musik ja nun auch wieder nicht.

Während des Konzerts dachte ich kurz über die Sache mit dem „Zeichen Gottes" nach, das ich auf der Hinfahrt sozusagen beantragt hatte. War das jetzt schon als Zeichen Gottes anzusehen, wenn zwei ehemalige Weggefährten aus dem Lobpreisteam hier bei einem großen Konzert auf der Bühne stehen? Ich war mir nicht sicher. Zumal man die beiden ja auch nicht zweifelsfrei erkennen konnte. Zur Sicherheit betete ich folgendes: „Herr, etwas deutlicher sollte es schon sein!" Wenn ich bete, dann mache ich das meist halblaut oder laut. Einzige Ausnahme, wenn Menschen in der Nähe sind, die denken könnten, dass ich eine Macke habe und nur irgendwelche Selbstgespräche führe. In diesem konkreten Fall hatte ich das leider ausgeblendet und versehentlich laut gebetet. Von hinten hörte ich gleich danach wieder dieses energische „SCHSCHSCHTTTT!"

Ich drehte mich um und sah in der Reihe hinter mir eine ältere Dame, die mich mit ernsthaftem Gesichtsausdruck anstarrte und ihren Zeigefinger vor den Mund hielt. Ich schaute sie ebenfalls vorwurfsvoll an und flüsterte: „Ich bete hier gerade!"

Im nächsten Moment zischten mindestens zwölf Leute gleichzeitig „SCHSCHSCHTTT!" und ich drehte mich deshalb wieder um. Diese heidnischen Ignoranten!

∎∎∎∎∎∎∎

Das Konzert war wirklich klasse. Man merkte, dass da lauter Profis am Werk waren, die eine in jeder Hinsicht perfekte Show ablieferten. Als dann auch noch einige Trommler auf die Bühne kamen und uns mit afrikanischen Rhythmen einheizten, blieb kaum noch jemand sitzen. Die Vorführung steuerte auf ihren Höhepunkt zu. Wenn ich die Handlung richtig verstanden habe, dann ging es im Prinzip darum, dass die Leopardin, die von Thea oder ihrer Doppelgängerin gespielt wurde, von bösen Tierfängern verschleppt worden war. Mehrere Befreiungsversuche der Zebras, Löwen und Leoparden waren kläglich gescheitert und die fiesen Tierfänger wollten die arme Leopardin in ihrem Käfig gerade für den Abtransport auf ein Schiff verladen. Alles steuerte auf das ebenso dramatische wie tragische Ende zu. Die Trommler trommelten immer wilder, die Sänger sangen ein ständig lauter anschwellendes „Help me" und die Bühne wurde von mehreren wilden Lichtblitzen durchzuckt. Ich dachte zwischendurch ehrlich gesagt schon: Hoffentlich klappt das mit der Verladung des Käfigs, damit das hier endlich aufhört.

Ach ja, und bevor jetzt wieder die Diskussion losgeht, ob es sich für einen Christen gehört, einer Frau im hautengen Leopardenkostüm zuzuschauen, die in einem Käfig rumzappelt! Ich habe natürlich sowieso nur auf die Musik geachtet! Fast nur ...

Aber dann gab es einen ohrenbetäubenden Knall und einen grellen Lichtblitz und plötzlich schwebte ein Wesen auf die Bühne, das vermutlich ein Nashorn sein sollte. Keine Ahnung, warum dieses Nashorn fliegen konnte, aber wir wollen jetzt auch nicht kleinlich sein, denn normalerweise können Löwen und Leoparden ja auch nicht singen oder tanzen. Aber dann betrachtete ich dieses Nashorn näher. Das war doch …

In diesem Moment wäre mir vollkommen wurscht gewesen, ob irgendwer hinter mir wieder „SCHSCHSCHTTT!" oder sonstwas zischt, aber ich rief: „DAS IST ELSE!" Wegen der lauten Musik hatte aber außer Gitti niemand mein Geschrei mitbekommen. Gitti schaute angestrengt in die Richtung des Nashorns, zuckte mit den Schultern und rief mir zu: „KÖNNTE SEIN!"

Niemand um uns herum bekam das mit, denn die Musik war ohrenbetäubend laut. Und das Nashorn sang jetzt auch noch irgendwas mit „FREEDOM" und „BETTER WORLD". Die Stimme war nicht ganz so fies, wie ich das eigentlich von Else in Erinnerung hatte, was vermutlich an einem Spitzenkönner an der Tontechnik lag. Aber ich war mir trotzdem sicher, dass sie es war. Alleine schon die Art und Weise, wie sie „FRIIIIEDÖÖÖÖÖM" sang.

Um die Handlung kurz zu Ende zu erzählen. Das Nashorn, also Else, befreite die Leopardin, also Thea. Anschließend verjagte es die Tierquäler und wurde zum Schluss von allen anderen als Retterin gefeiert. Der Chor sang „Glory", als Else wieder entschwebte und dann war alles vorbei.

Für die Zeit danach fehlt mir die Erinnerung. Gitti behauptete später, ich hätte mich zunächst hingesetzt und minutenlang nur apathisch wiederholt: „Das war Else! Das war Else!". Sie hatte sich schon leichte Sorgen gemacht, dass ich werden könnte wie Günter Siekmann. Und das sei dann tatsächlich auch passiert und ich muss plötzlich aufgesprungen und zur Bühne gelaufen sein. Dort bin ich aber dann wohl an einem etwa zwei Meter großen Ordner abgeprallt, der meinem Argument „Lasst

mich zu Else! Ich kenne das Nashorn!" nicht folgen wollte. Bei einer kleinen Rangelei sei ich dann zu Boden gegangen, wobei nicht ganz klar war, ob die Faust des Ord-
ners mein Kinn traf oder ob ich mit meinem Kinn seine
Faust angegriffen habe.

Ich wurde jedenfalls wach, als Gitti gerade mit dem Ordner diskutierte, dass es nicht besonders heldenhaft sei,
einen alten, untrainierten Mann niederzuschlagen.

Moment! Ich bin nicht … ach egal.

Auf der Heimfahrt saß Gitti am Steuer. Wir unterhielten
uns über das Konzert. Während ich felsenfest davon
überzeugt war, nicht nur Thea und Klaus, sondern vor allem auch Else erkannt zu haben, hatte Gitti Zweifel: „Wir
waren einfach zu weit weg, um das ganz genau zu erkennen. ", sagte sie. „Ich bin mir wirklich nicht sicher."

Ich schon! Und ich wusste, dass es „mein" Zeichen war.

*Anmerkung des Autors: Für alle, die glauben, dass nur
ein krankes Hirn wie das von Klaus Fischer sich so eine
bescheuerte Handlung wie in diesem Kapitel ausdenken
kann: Die Grundidee mit Else und dem Gospelchor
stammt von meinem lieben Freund Karl Gerd Striepe-
cke, der übrigens nicht nur bescheuerte Ideen hat, sondern auch für die Cover der Lowpricelighter-Bücher zu-
ständig ist.*

*Und die Grundidee mit dem Vorhang in der Gemeinde
stammt von meinem Pastor Lothar Kranzkowski, der
mich dazu mit einer – selbstverständlich zu langen, aber
ansonsten guten – Predigt inspiriert hat.*

Ach ja. Und noch eine Anmerkung des Autors: In diesem Kapitel haben wir alle was für's Leben gelernt, denn:
Wenn das fiese Schicksal zuschlägt und du hilflos in einem Leopardenkostüm im Käfig steckst, dann kommt ein Nashorn und rettet dich ...

13. Wahre Anbeter

Ende April war es so weit: Die Amerikaner kamen! Alle sechsundvierzig Bibelschüler plus Steffi und Aaron. Ich hatte sämtliche verfügbaren Autofahrer der Gemeinde zusammengekratzt, und wir waren gemeinsam in einem Autokorso zum Flughafen Hannover gefahren. Mit Ausnahme von Günter Siekmann, der sich „geführt" fühlte, unsere Kolonne an der Ausfahrt Bad Nenndorf zu verlassen und wieder zurück zu fahren, weil er gerade beim christlichen Charisma-Kanal im Radio das neue Lied „Kehr um" von Musikevangelist Sieghard Semmelrogge gehört hatte. Ich frage mich manchmal, ob alle christlichen Musiker sich eigentlich ihrer großen Verantwortung bewusst sind, wenn sie solche Songs wie „Spring ins lebendige Wasser" oder „Fahr doch gegen den Strom" rausbringen.

Ohne die vier eingeplanten Sitzplätze bei Günter mussten wir mit unseren Gästen etwas improvisieren. Da war es ganz gut, dass zwei von den Mädels relativ zierlich waren und in die Box von Reinhold Burmanns Dachgepäckträger passten.

Nach einer kleinen Willkommensparty in der Gemeinde wurden unsere Gäste auf die verschiedenen Familien aufgeteilt. Allerdings mit Ausnahme der jungen Frauen in der Dachbox, weil beide mittlerweile so fest schliefen, dass wir sie nicht wecken wollten.

Gitti und ich hatten unser Bestes getan, um unsere insgesamt neunzehn Gäste einigermaßen würdevoll unterzubringen. Logischerweise gab es, wie in frommen Kreisen üblich, eine klare Geschlechtertrennung, damit da keiner auf irgendwelche ... na ja, Sie wissen schon.

Die Frauen waren im Wohn- und Esszimmer untergebracht, die Männer schliefen in der Garage und in einem
Zelt, das wir im Garten aufgestellt hatten. Das konnte
zwar etwas kühl werden, weil für die nächsten Tage Bo-
denfrost angesagt war, aber Bibelschüler sollen ja keinen
Komfort haben, sondern nur überleben.

Ich freute mich auch über das Wiedersehen mit Machma
Shnella, der uns ein paar Monate zuvor durch New York
gefahren hatte. Natürlich hatte ich darauf bestanden,
dass er in meinem Auto mitfährt und bei uns wohnt, wie
wir es damals vereinbart hatten. Machma war eigentlich
kein Bibelschüler, sondern der stellvertretende Leiter der
Schule. Ich hatte mich im Nachhinein gewundert, dass er
uns trotzdem als Fahrer gedient hatte, aber er fand das
völlig normal. „When you want to lead you have to
serve", sagte er in seinem Englisch mit starkem Akzent.
Für alle, die nicht so gut englisch können, es bedeutet
ungefähr: „Auch wer sich für wichtig hält, darf trotzdem
mal mit anpacken."

Wir freundeten uns in den folgenden Tagen an, was vielleicht auch daran lag, dass wir etwa im gleichen Alter waren. Die anderen Bibelschüler waren eher in Steffis Jahr-
gang und deshalb natürlich auch etwas … nun ja, diese
jungen Leute! Also wir waren da früher ja ganz anders ...

Gitti und Steffi waren in den nächsten Tagen mit „Frauen-
gedöns" beschäftigt. Es ging um die Hochzeit und beispielsweise um die fundamental wichtige Frage, ob hell-
rote oder dunkelorange Tischblumen besser mit den Gar-
dinen im Gemeindesaal korrespondieren. Und da ich damit nun auf gar keinen Fall etwas zu tun haben wollte
und mir andererseits ehrlich gesagt in unserem Haus momentan zu viel Trubel herrschte, zeigte ich meinem neu-

en Kumpel Machma unsere schöne Heimat. Oder besser gesagt einen Teil davon, denn seine Idee, unbedingt mit mir zum Münchener Oktoberfest zu fahren, war ja nicht nur wegen der großen Entfernung kaum machbar, sondern im Mai auch terminlich etwas schwierig. Aber ich zeigte ihm die schönsten Sehenswürdigkeiten im Umkreis, also beispielsweise das Hermannsdenkmal und das Finanzamt in Hameln.

Auf der Suche nach dem Weg zur Schaumburg trafen wir dann einen dicken alten Läufer, der sich gerade in hautenger Leggins und mit einem ebenfalls ziemlich knapp sitzenden Shirt des christlichen Laufclubs „Hosianna Runners" den Berg hoch wuchtete. Immerhin konnte er uns wenigstens erklären, wie wir fahren müssen, als er nach etwa drei bis vier Minuten wieder Luft bekam.

Etwa zwei Kilometer später waren wir dann an der Schaumburg angelangt, einer mittelalterlichen Burganlage mit herrlichem Ausblick. In dem nahegelegenen Café gönnten wir uns erstmal ein Eis und saßen draußen im Garten, als dieser fromme Läufer dort schnaufend und prustend vorbeikam. Wir grüßten ihn freundlich, bedankten uns nochmal für die Wegbeschreibung und kamen kurz ins Gespräch. Ich sagte: „Wir sind übrigens auch Christen und finden das toll, dass Sie in Ihrem Alter und mit dem Gewicht noch so unterwegs sind. Ich heiße Arno."

„Ich bin Klaus" schnaufte er.

„Machma Shnella!" sagte mein Kumpel Machma, um sich auch vorzustellen. Dieser Klaus hatte das aber wohl irgendwie falsch verstanden und meinte: „Ja, hast ja Recht. Also dann, viel Spaß noch." Und dann trabte er keuchend weiter und verschwand im Wald. Ein komischer Typ!

Als wir die Burg besichtigten, ergab sich ein interessantes Gespräch. Machma und ich mussten meist etwas improvisieren, um uns zu verständigen. Mein Englisch war nicht sehr gut und er sprach mit diesem starken asiatischen Akzent, bei dem man auch nicht immer alles richtig kapierte. Aber als wir von der Burganlage auf die wunderschöne Weserlandschaft blickten, sagte er: „Hallelujah!" Das verstand ich! Für alle, die nicht so gut englisch können, es bedeutet Halleluja.

„God made all this very beautiful", schwärmte er. Ich wollte zunächst antworten, dass die Landschaft natürlich schön ist und dass Gott das alles klasse gemacht hat, aber die Burg selber stammte ja schließlich von irgendeinem Fürsten beziehungsweise von den armen Schweinen, die für den Fürst malochen mussten. Aber mir fiel nicht ein, was Fürst auf englisch heißt und ich war mir auch nicht sicher, ob „poor pigs" der richtige Ausdruck für die Arbeiter war.

Machma war ein Mensch, der in vielen Dingen die von Gott geschaffene Schönheit erkennen konnte und der es als seine Aufgabe ansah, Gott auch in alltäglichen Situationen anzubeten. Ich war das in dieser Form nicht gewohnt und viel zu sehr darauf geprägt, dass Anbetung auch immer etwas mit Musik zu tun hat. Am Anfang hatte es deshalb ein paar Missverständnisse gegeben, als er beispielsweise im Auto irgendwann gesagt hatte: „Let's worship God for this great day" und ich ihm anschließend erklärte, dass wir Gott momentan gar nicht anbeten können, weil ich ja schließlich mein Keyboard nicht dabei hatte.

Ich muss gestehen, dass ich Machma bei unserer ersten Begegnung in New York völlig falsch eingeschätzt hatte. Er hatte dort zwar zwischendurch auch schon Bibelsprüche zitiert, aber aufgrund seiner furchtbaren Fahrweise hatte ich die eher als „letzte Ölung" verstanden. Doch Machma erwies sich als hervorragender und geduldiger Lehrer, der scheinbar die komplette Bibel auswendig kannte. Er hatte für jede Situation einen passenden Bibelvers. Und zwar nicht nur für die schönen Dinge des Lebens, sondern auch für schwere Zeiten, was in meinem Fall später noch eine Bedeutung haben sollte.

Doch zunächst erklärte er mir auf unseren Ausflügen, dass Musik zwar ein wunderschönes Geschenk Gottes ist, aber letztlich nur ein Teilaspekt von Anbetung. Und dass es im Prinzip viel wichtiger ist, in jedem Bereich des Lebens eine Haltung zu bekommen, die Gott ehrt. Klar, ich hatte das vorher auch schon öfter gehört, aber niemand konnte es so gut auf den Punkt bringen wie Machma. Und er wusste natürlich auch dazu einige Bibelverse, die ich aber jetzt nicht so schnell … Mist! Ich hätte es mir doch besser irgendwo aufschreiben sollen …
Für mich war das ein weiterer Mosaikstein bei der Frage, ob ich ins Lobpreisteam gehöre. Die grundsätzliche Antwort war für mich nach dem „Wunder" mit Else – ich bin sicher, sie war es - schon ein „Ja" geworden. Aber ich wusste jetzt auch, dass es nicht einfach darum ging, wieder als Musiker auf die Bühne zurückzukehren, sondern auch in meinem persönlichen Leben einiges zu ändern. Ich bin übrigens ganz sicher, dass zu diesen von Gott gewünschten Veränderungen in meinem Leben auch das Thema „Geduld mit den Mitmenschen" gehörte. Selbst

wenn es sich um eine größere Gruppe von jungen Bibelschülern handelte, die das eigene Haus belagerte, wie
das am nächsten Tag auch wieder der Fall war.

■■■■■■■

Aber! Wenn man morgens vor der einzigen Toilette wartet, dann ist Geduld zumindest in dem Moment etwas
schwierig, wenn man relativ dringend einige Sachen erledigen müsste, während drinnen mindestens vier oder fünf
Bibelschülerinnen lachen, quatschen und sich irgendwas
lackieren, pudern oder schminken.
So passierte es mir am Donnerstag, zwei Tage vor der
Hochzeit. Und als gewisse Dinge keinen Aufschub mehr
duldeten, klopfte ich deshalb an die Tür und sagte: „Please ... äh ... quick ...äh ... urgent" Keine Ahnung, was man
auf englisch sagt, um jemand vom Klo zu verscheuchen,
also rief ich auf deutsch: „Jetzt macht mal schneller!"
„I'm here!" rief Machma aus der Küche, weil er dachte,
ich hätte ihn gerufen. Aber es blieb keine Zeit für Erklärungen, zumal die Mädels offenbar ein völlig anderes
Zeitgefühl hatten, was den Begriff „dringend" anging.
Ich lief in meiner Not rüber zu meinem Nachbarn Watermeier und klingelte an der Haustür. „Frag jetzt nicht. Ich
erklär's dir später!" sagte ich, als er öffnete und dann
stürmte ich an ihm vorbei auf die Toilette.
Etwa zehn Minuten später musste ich mir von ihm zwar
einige Bemerkungen über unsere Besucher und deren
Lautstärkepegel anhören, aber ich war zu diesem Zeitpunkt wieder deutlich entspannter. Seine Frage „Wann
haut denn dieses ganze fromme Pack wieder ab?" konnte ich deshalb lächelnd mit einem „Nach der Hochzeit,

auf die du dich ja bestimmt auch schon freust" beantworten. Ich bedankte mich für den Toilettenservice und ging.

Auch an diesem Tag hatte ich wieder eine Tour mit Machma geplant und wollte ihm unbedingt noch das große „Neverkammbeck-Moor" zeigen.

Gitti war nicht so begeistert, weil sie eigentlich gehofft hatte, ich würde mich an den Besorgungen und Einkäufen beteiligen, die an diesem Tag zu erledigen waren. Aber ich fand, sie konnte das gut alleine schaffen, während ich mit meinem Freund Machma ein paar wichtige Männergespräche zu führen hatte. Aber da ich ein unheimlich fürsorglicher Ehemann bin, überließ ich Gitti unseren großen Ford Saurus, damit sie die Einkäufe besser verstauen konnte. Machma und ich fuhren also mit dem kleinen Kia Kaspa in Richtung Moor.

Aber irgendwie herrschte bei uns nicht die ausgelassene Stimmung wie an den anderen Tagen. Er hielt mir zunächst einen Vortrag darüber, dass wir Männer uns auch manchmal hinter unserem angeblichen Dienst für Gott oder vermeintlich wichtigen Aufgaben verstecken und dabei unsere Familie vernachlässigen. Er erzählte das zwar anhand von Beispielen aus seiner eigenen Ehe, aber ich wusste natürlich genau, worauf er hinaus wollte. Ich meine, ich wohne ja auch nicht in der untersten Schublade des Regals. Also sinngemäß: Arno blöd! Arno umkehren! Arno Gitti helfen! Arno trotzdem immer noch blöd! Oder so ähnlich.

Im Nachhinein kann ich es nicht richtig beschreiben, aber innerlich hatte auch ich von Anfang an das Gefühl, ich sollte umkehren und nach Hause fahren. Und das, obwohl bei mir im Radio selbstverständlich nicht das Lied „Kehr um" von Sieghard Semmelrogge lief.

Letztlich einigten wir uns also darauf, dass wir unterwegs nur einen Kaffee trinken und den Ausflug vorzeitig abbrechen. Machma wollte den Rest des Tages nutzen, um die Traupredigt für Steffi und Aaron vorzubereiten, die er halten sollte. Und für mich würde das bedeuten, dass ich mal nichts sinnvolles oder wichtiges mache, sondern nur meiner Frau helfe. Dachte ich jedenfalls ...

14. Alles anders

Wir konnten die Blaulichter kurz vor dem Ortseingang von Todtenhausen schon von weitem sehen. Und schlagartig war da dieses beklemmende Gefühl und die Frage, ob jemand aus dem Bekanntenkreis in den Unfall verwickelt war. Als wir näher kamen, konnten wir erkennen, dass offensichtlich ein LKW mit einem PKW zusammengestoßen war und dass dieses Auto, oder das, was von ihm übrig war, ein Ford Saurus war. So wie unserer ... in der gleichen Farbe ... Ich hielt am Straßenrand, stieg aus und rief Machma noch zu: „This may be our car!" Dann lief ich näher zum Unfallort. Ich erkannte den Aufkleber an der Heckscheibe „Ich bremse auch für Baptisten". Das war zweifelsfrei unser Auto.

Ich kann schlecht beschreiben, was mir in diesen Momenten durch den Kopf ging. Ehrlich gesagt weiß ich noch nichtmal, ob ich überhaupt irgendwas dachte. Eine Polizistin wollte mir den Weg versperren und sagte: „Bitte gehen Sie zurück zu Ihrem Wagen." Ich stammelte: „Das ist unser Auto ... das ist meine Frau!" Und dann ging ich einfach weiter. Fast wie in Zeitlupe. Ich erkannte einen der Feuerwehrmänner aus unserer Nachbarschaft. „Wissen Sie, was passiert ist? Was ist mit meiner Frau?" fragte ich ihn. Er bekam scheinbar einen Schreck, als er mich erkannte und sagte: „Herr Nühm. Wir haben Ihre Frau aus dem Wrack geholt. Sie war nicht ansprechbar. Mehr weiß ich auch nicht. Der Rettungswagen ist schon auf dem Weg zum Krankenhaus."

Nein! Nein! Nein! Dachte ich. Und das einzige, was ich in diesem Moment über die Lippen brachte, war ein verzweifeltes: „Scheiße!". Ich spürte, dass mir die Knie zitterten. Und ich war in diesem Moment nicht in der Lage, irgendeinen klaren Gedanken zu fassen. Wie in Trance ging ich auf einen anderen Polizisten zu und fragte: „Was ist mit meiner Frau?"

„Saß Ihre Frau in dem PKW?"

Ich nickte. „Oh!" sagte er. „Ich kann es Ihnen nicht sagen. Scheinbar ist der LKW auf die Gegenfahrbahn gekommen und hat dann den PKW erwischt."

Mir war in diesem Moment ziemlich egal, wie es passiert war. Ich wollte nur wissen, ob Gitti schwer verletzt war und ob sie überhaupt noch lebte. Ich drehte mich um und wäre wahrscheinlich kurz danach umgekippt, aber Machma war ebenfalls gekommen und hielt mich fest.

„Is this your car?" fragte er. Ich nickte abwesend. Ja, das war unser Auto und jetzt war es völlig zerstört. Das wäre mir alles völlig egal gewesen, aber in diesem Auto hatte meine Gitti gesessen. Und ich wusste in diesem Moment nicht, ob sie überhaupt noch lebte. „Nicht ansprechbar" hatte der Feuerwehrmann gesagt. Das konnte vieles bedeuten.

Ich war in dieser Situation nicht in der Lage, irgendwelche rationalen Entscheidungen zu treffen und fühlte mich, als würde mir der Boden unter den Füßen weggezogen. Wahrscheinlich hätten andere Männer cooler reagiert, wären logisch vorgegangen und hätten die Familie informiert, sich ins Auto gesetzt und wären dann zum Krankenhaus gefahren oder was auch immer. Und andere Christen hätten natürlich noch gebetet und sofort gewusst, welche Bibelstellen sie zitieren müssen. Und ich stand einfach nur da und wusste in diesem Moment überhaupt nichts.

Machma hatte die Situation natürlich etwas sachlicher angehen können und deshalb in der Zwischenzeit bei uns zuhause angerufen und Steffi informiert. Und deshalb kam sie mit Aaron kurze Zeit später zum Unfallort. Die beiden waren genauso geschockt wie ich.

„Was ist mit Mutti?" fragte Steffi.

„Ich weiß es nicht", sagte ich. „Die haben gesagt, sie war nicht ansprechbar und haben sie mit dem Notarztwagen zum Krankenhaus gefahren."

Wir beide umarmten uns und heulten. Vielleicht hätte ich als Vater stark sein müssen und meine Tochter trösten, aber ich konnte in diesem Moment nicht anders. Und wahrscheinlich hätten wir noch sehr viel länger dort gestanden und geweint, ohne zu wissen, was jetzt zu tun ist. Aber Aaron sagte: „Kommt! Ich fahre euch erstmal nach Hause. Und dann rufen wir im Krankenhaus an. Hier können wir sowieso nichts machen."

Wir folgten ihm zum Auto, und ich kam mir dabei vor wie jemand, der durch einen Tunnel läuft. Um mich herum schien alles zu verschwimmen. Ich funktionierte irgendwie mechanisch ohne genau zu wissen, was ich eigentlich tat. Aber kurze Zeit später waren wir im Auto. Ich saß nur teilnahmslos auf dem Beifahrersitz und hörte, wie Machma hinten im Wagen laut Psalm 23 betete. Ein Gedanke schoss mir durch den Kopf: Das nützt doch jetzt auch nichts mehr!

Als wir zuhause angekommen waren, kümmerte Aaron sich um die nötigen Anrufe. Er fand heraus, dass der Notarztwagen nicht zum Krankenhaus in Todtenhausen gefahren war, sondern zur Unfallklinik in Ruhestadt.

„Hast du irgendwas erfahren, wie es Mutti geht?" fragte Steffi.

„Nein, die haben nur gesagt, dass der Transport zur Notaufnahme nach Ruhestadt gegangen ist."

„Du hättest fragen müssen", motzte sie.

Aber je aufgeregter Steffi und ich waren, desto ruhiger schien Aaron zu werden. Er sagte: „Ich fahre euch jetzt da hin. Hier zu warten macht uns nur fertig." Kurze Zeit später saßen Aaron, Steffi und ich wieder im Auto. Machma war im Haus geblieben und wollte mit den Bibelschülern für Gitti beten.

Während der Fahrt sagte zunächst keiner ein Wort. Vermutlich waren wir alle mit den gleichen Gedanken beschäftigt, die zwischen Hoffnung und Angst hin und her pendelten. Irgendwann begann ich den Satz, den ich nicht zu Ende denken oder sprechen wollte: „Wenn sie ..." Ich schüttelte den Kopf und fing wieder an zu heulen. Steffi, die hinter mir saß, legte mir die Hand auf die Schulter. Ich hörte, wie sie tief durchatmete und dann ebenfalls weinte.

Als wir endlich an der Klinik ankamen, fuhr Aaron uns direkt bis zum Eingang. „Geht rein", sagte er. „Ich suche hier irgendwo einen Parkplatz und komme dann nach."

Wir stiegen aus, aber ich hätte vor lauter Verwirrtheit vermutlich auch hier nicht gewusst, was zu tun ist und wäre von diesem riesigen Krankenhaus völlig überfordert gewesen. Ich war froh, dass Steffi bei mir war, denn sie ging zielstrebig zur Information und übernahm das Reden, während ich wie ein kleiner Junge daneben stand.

„Wir sind die Angehörigen von Frau Nühm. Sie muss vor einer knappen Stunde hier mit dem Notarztwagen eingeliefert worden sein. Wir möchten zu ihr."

Obwohl mir in dieser angespannten und schwierigen Situation eigentlich fast alles egal war, fiel mir gleich auf, dass der Mann hinter dem Tresen scheinbar nicht der Schnellste war. „Wir hatten vier Einlieferungen in der letzten Stunde", sagte er. Ich hätte in diesem Moment am liebsten gerufen: „Mich interessiert aber nur meine Frau!", aber ich hielt mich zurück. Er schaute auf seinen Bildschirm, murmelte irgendwas, schaute wieder und tippte dann gemütlich auf der Tastatur des Computers herum.

„Maiwald war der Name?" fragte er.

„Nein, Nühm", sagte Steffi, jetzt ebenfalls etwas genervt und buchstabierte: „N Ü H M! Vorname Roswitha Brigitte. Bitte beeilen Sie sich."

Der Mann tippte und klickte wieder. „Maiwald wäre ein Transport mit dem Rettungshubschrauber zur Uni-Klinik gewesen", sagte er, als würde das irgendjemand interessieren. So langsam ließ der erste Schock bei mir nach und ich wurde sauer auf den Typen. Denn ich wollte jetzt endlich wissen, was mit Gitti war. Nach einer gefühlten halben Ewigkeit sagte er dann: „Ah, hier. Jetzt hab ich's gefunden. Unter N!"

Ja, wo denn wohl sonst? Der Kerl machte mich wahnsinnig. Er stand auf, fuchtelte wild mit den Armen und sagte dabei erklärend: „Also, Sie gehen jetzt hier den Gang runter bis zur Station 0.2 und dann im Fahrstuhl bis zur fünften Etage. Da folgen Sie den roten Pfeilen zur Notaufnahme und dann warten Sie dort bitte im Warteraum 5.5 B. Ich melde Sie an." Na hoffentlich ...

Genau in diesem Moment kam auch Aaron vom Parkplatz und wir drei gingen zum Fahrstuhl und warteten. Offenbar schien jemand mehrfach zwischen Etage drei und vier hin und her zu fahren und es dauerte ziemlich lange, bis sich endlich die Tür öffnete. Dort standen wir dann plötzlich ausgerechnet Günter Siekmann gegenüber, der uns ungefragt erzählte, dass er sich beim prophetischen Tanz mit einer Flagge die Schulter ausgekugelt habe. Das war mir in diesem Moment nun wirklich völlig egal und ich sagte: „Günter, wir haben's eilig. Gitti hatte einen Unfall."

Aber wer Günter kennt, der weiß, dass er sich nicht einfach so abschütteln ließ. Er blieb bei uns im Fahrstuhl und während wir in den fünften Stock fuhren, faselte er: „Ich habe dir neulich schon gesagt, dass Frauen nach dem Willen Gottes nicht Auto fahren sollten ..."

Eigentlich war ich seit vielen Jahren an sein blödes Geschwafel gewöhnt. Und normalerweise regte Günter mich nicht mehr auf. Im Nachhinein muss ich auch zugeben, dass meine Reaktion aus christlicher Sicht wohl nicht sooo gut war, aber zwischen dem dritten und dem vierten Stock habe ich ihm für sein dämliches, überflüssiges Gequatsche eine gescheuert.

Wäre Aaron nicht sofort dazwischengegangen, dann hätte die Sache noch weiter eskalieren können. Aber so sorgte er dafür, dass wir getrennt wurden und Günter anschließend wieder mit dem Fahrstuhl zum Erdgeschoss fuhr.

Wir gingen zum Warteraum, setzten uns aber nicht, sondern liefen nervös auf und ab. Die Minuten zogen sich scheinbar endlos in die Länge. Hin und wieder ging irgendwer vom Krankenhauspersonal vorbei und wir fragten nach Gitti, aber niemand konnte oder wollte uns was sagen. Meist hieß es nur: „Der Doktor kommt auf sie zu."

Während ich nervös durch die Gegend lief, gingen mir wilde Gedanken durch den Kopf. Ich versuchte mir einzureden, dass es vielleicht nicht so schlimm war, aber mein

Verstand sagte mir angesichts des kaputten Autos etwas anderes. Und immer, wenn die Tür zur Notaufnahme sich öffnete, fürchtete ich, von einem Arzt etwas ähnliches hören zu müssen wie: „Es tut mir leid ...“

Dieser fiese Gedanke „Für Gebete ist es jetzt sowieso zu spät!“ war immer noch da, aber ich redete innerlich trotzdem mit Jesus und flehte ihn an, dass er irgendwie nachträglich irgendwas macht und Gitti heilt. Vermutlich war es das hilfloseste Gebet, das jemals gesprochen wurde.

Ich weiß nicht, wie lange wir dort warteten, aber irgendwann kam tatsächlich ein Arzt. „Sie sind die Familie von Frau Nühm?“, fragte er. „Kommen Sie!“ So sehr wir auch darauf gewartet hatten, endlich etwas zu erfahren, aber jetzt wäre ich am liebsten weggelaufen. Der Arzt führte uns durch die Tür, auf der in großen Buchstaben NOT-AUFNAHME stand. Er ging noch einige Meter weiter und wir folgten ihm wie eine kleine Schafherde. Meine Frage: „Was ist mit meiner Frau?“ schien er zunächst zu ignorieren. Doch dann blieb er vor einer Tür stehen, drehte sich zu uns um und hob seinen linken Zeigefinger.

„Sie braucht jetzt Ruhe“, sagte er schließlich und alles, was ich in diesem Moment denken konnte, war: Sie lebt! Gitti lebt!

Auch Steffi atmete hörbar erleichtert aus, fragte dann aber sofort nach: „Wie schwer ist sie verletzt?“

„Nun ja ...“ dieser Arzt schien jedes Wort erst irgendwie innerlich nachschlagen zu müssen. Und die Pause nach dem „nun ja“ klang wieder irgendwie bedrohlich. Lag sie im Koma? War sie gelähmt? Was war denn jetzt?

„So weit wir das feststellen konnten ...“, er machte wieder eine Pause, als wäre er kein Arzt, sondern Jurymitglied einer Castingshow im Fernsehen und müsse krampfhaft die Spannung erhöhen. „So weit wir das feststellen konnten, gibt es nur ein leichtes Schädel-Hirn-Trauma und einige Hämatome und Schürfwunden … Sie können jetzt zu ihr. Aber bitte nicht zu lange."

Danke, Gott! Du bist der Größte! Ich weiß, dass du das auch vorher wusstest … und ich ja eigentlich auch, aber: Danke! Vielen, vielen Dank!

Mein spontanes innerliches Dankgebet gehörte vermutlich ebenfalls zu den miesesten, die jemals gesprochen oder gedacht wurden. Aber in dieser Situation war ich einfach völlig überfordert.

Gitti lag in einem Krankenbett, hatte eine Infusion gelegt bekommen und trug eine Halskrause. Unterhalb des linken Auges war ein blauer Fleck und eine kleine Platzwunde zu sehen. Steffi ging als Erste zu ihr, beugte sich vorsichtig über das Krankenbett und gab ihr einen Kuss. „Ich bin so froh, dass du lebst", sagte sie und fing an zu weinen. Gitti fuhr ihr mit der rechten Hand durchs Haar und sagte: „Die haben mir hier erzählt, dass ich einen Unfall hatte, aber ich kann mich an nichts erinnern. An gar nichts! Was war denn eigentlich überhaupt los?"

„Du bist mit einem LKW zusammengestoßen. Vermutlich ist der auf deine Fahrbahn gekommen und hat dich erwischt. Das Auto sah furchtbar aus", sagte ich.

„Wer sind Sie denn jetzt?" fragte Gitti und schaute mich an. Und einen Moment lang dachte ich wirklich, dass irgendwas mit ihrem Gedächtnis nicht in Ordnung sei und sie mich nicht erkannt hatte. Aber kurz danach musste sie grinsen und ich wusste: Das war wieder meine Gitti. Und da sie ein unglaublich zähes Mädchen ist, wusste ich auch, dass sie bald wieder vollkommen gesund sein würde.

In diesem Moment war ich vermutlich der glücklichste Mensch auf der Welt. Und weil ich in den letzten Monaten so unglaublich viel über das Leben als Christ gelernt hatte, wusste ich auch, dass es jetzt an der Zeit war, Gott mit einem laut gesprochenen Gebet zu danken. Hier im Krankenzimmer. Egal, ob jemand reinkommt und denkt, dass wir alle einen an der Waffel haben oder nicht. Einfach danke sagen für dieses Wunder, dass Gitti aus diesem völlig zerstörten Auto ohne schwere Verletzungen rausgekommen war. Dafür, dass Gott gehandelt hatte, obwohl ich statt zu beten nur doof rumgestanden hatte. Dafür, dass er uns als Familie bewahrt hatte. Es war an der Zeit, ihm zu danken. Und das war jetzt gefälligst meine Aufgabe.

„Ich finde, wir sollten mal beten und uns bei Gott bedanken!" sagte Aaron in diesem Moment.

Ach, egal! Dann eben er. Das große geistliche Vorbild werde ich vermutlich sowieso nicht mehr ...

■■■■■■■

Wir wollten Gitti die Ruhe gönnen und blieben deshalb nur kurz. Nachdem wir uns von ihr verabschiedet hatten und den langen Flur zum Ausgang entlanggingen, sagte ich zu den beiden: „Dass ich dem Günter vorhin eine reingehauen habe, war ja auch nicht richtig."

„Nee, war es sicher nicht", meinte Steffi. „Aber sonst hätte ich es gemacht ..."

Zuhause warteten nicht nur Machma und die Bibelschüler, sondern auch Hosea. Alle waren glücklich zu hören, dass es Gitti angesichts des schweren Unfalls ziemlich gut ging. Hosea war übrigens gekommen, weil er zunächst über Martha Pfahl und ihre Informations-Kontakte erfahren hatte, dass Gitti einen LKW geklaut hatte und damit vor der Polizei geflohen war. Anschließend soll es noch eine wilde Schießerei gegeben haben ... Als er dann von Machma die Wahrheit mit dem Unfall gehört hatte, wollte er es sich nicht nehmen lassen, mit den anderen zu beten und auf uns zu warten. Hosea ist ein echt cooler Pastor!

Und an diesem Tag war mir sogar das doofe Gelaber von der doofen Martha Pfahl und ihrer doofen Schwester egal.

Ich lud Hosea und die anderen zur Feier des Tages zu einer spontanen Grillparty ein. Zwischendurch nutzte ich jedoch die Gelegenheit, um Günter anzurufen und mich bei ihm zu entschuldigen. „Tut mir leid, dass ich dir vorhin eine verpasst habe, aber ich war einfach wegen des Unfalls und der Sorge um Gitti mit den Nerven am Ende."

Günter nahm es sportlich und sagte: „Na ja, es war gar nicht so schlimm. Und außerdem ist durch meinen Aufprall an der Fahrstuhlwand meine Schulter wieder eingerenkt worden. Du warst also eigentlich nur das unwürdige Werkzeug Gottes für einen wichtigen Diener des Herrn ..."

Ich hätte ihm schon wieder eine klatschen können. Einen kurzen Moment lang überlegte ich trotzdem, ob ich ihn auch als Wiedergutmachung zu der Grillparty einlade, aber es war tatsächlich nur ein ganz, ganz kurzer Moment.

Während die anderen auf der Terrasse alles vorbereiteten, brauchte ich einfach noch eine kurze Zeit der Ruhe. Ich zog mich deshalb in den hinteren, unbeleuchteten Teil unseres Gartens zurück, um alleine zu sein. Dann betete ich: „Herr, ich möchte dir mit ganzem Herzen danken, dass du Gitti beschützt hast. Für mich ist und bleibt es ein Wunder, dass sie heile aus dem Auto raus gekommen ist. Ich bin unglaublich froh, dass sie lebt und bald wieder gesund wird. Danke! Und ich möchte einfach ein Mensch sein, der dich anbetet. Ich weiß nicht, ob ich das wirklich irgendwann hinkriege. Und vermutlich werde ich auch in Zukunft wieder alles mögliche versauen. Aber das kennst du ja schon ..."

„Ja, das kenne ich", sagte Wilfried Watermeier, der im Dunkeln am Zaun gestanden hatte und wahrscheinlich wieder irgendwelchen Katzen auflauerte oder vielleicht auch einfach nur gucken wollte, was die Frommen da so alles veranstalten.

„Du glaubst immer noch, dass irgendein Gott dein Gelaber hört, oder?" fragte er herausfordernd.

„Ja, das glaube ich! Und weil dieser Gott heute meine Frau beschützt hat, glaube ich es noch ein bisschen mehr."

Ich ließ ihn stehen, denn ich hatte an diesem Tag keine Lust, mich mit irgendwem zu streiten oder langatmige Diskussionen zu führen. Zumal ich mir sicher war, dass er wieder irgendwelche philosophischen Diskussionen anfangen würde, warum denn Gott nicht von vornherein den Unfall verhindert hatte statt Gitti nur zu retten und so weiter. Und mir war das an diesem Abend völlig egal!

Als ich bei den anderen angekommen war und gefragt wurde, was ich denn essen möchte, sagte ich „TSCHIK-KEN!"

Anmerkung des Autors: An dieser Stelle ist das Buch eigentlich zu Ende. Nach den dramatischen Ereignissen sollten wir uns jetzt mal entspannt zurücklehnen und froh sein, dass alles zu einem glücklichen Ende gekommen ist. Ich als Autor bin jedenfalls schon ziemlich erleichtert, dass Gitti nichts Schlimmes passiert ist. Andernfalls hätte ich mir nämlich wieder alle möglichen wüsten Beschimpfungen von den Lesern anhören müssen, obwohl ich ja nun wirklich nichts dafür könnte. Ich schreibe das doch auch alles nur auf ...

Aber ich finde, jetzt sollten wir die Familie Nühm dann auch mal endlich in Ruhe lassen. Das nervt die doch sonst irgendwann, wenn wir ständig zugucken, was sie so erleben. Und Gitti braucht sicher trotz allem noch etwas Ruhe.

Andererseits ... Ich weiß doch jetzt schon, dass dann hinterher wieder sofort das Gejammer losgeht nach dem Motto: Boah! Wir wollten aber noch wissen, wie die Hochzeit von Steffi und Aaron war. Und dann wären wir ja auch noch gerne dabei, wenn Gitti wieder nach Hause kommt. Und ob Arno die Sache mit dem PUPS-Projekt hinkriegt. Und wann er Opa wird ... oder doch noch mal Vater? Leute, ihr gebt aber auch echt keine Ruhe ...

Deshalb – Vorschlag zur Güte – wir hängen jetzt noch ein allerallerallerletztes Kapitel dran. Und danach will ich dann aber auch kein Gemaule mehr hören ...

15. Deutschland

„Irgendwie bist du anders geworden", sagte Gitti.

„Wieso anders?" fragte ich.

„Vor ein paar Jahren hättest du dich vermutlich erstmal aufgeregt, dass dein schönes Auto kaputt ist. Ich werde das Gefühl nicht los, als könnte man in letzter Zeit bei dir einen kleinen Hauch von Liebe und Mitgefühl spüren."

„Liebe und Mitgefühl! So'n Quatsch! Das wäre ja ganz was Neues. Da machen sich wohl die Spätfolgen von deinem Unfalltrauma bemerkbar", sagte ich. Aber im Unterschied zu früher fügte ich noch hinzu: „Mir ist das Auto im Moment völlig schnuppe. Ich bin unheimlich dankbar, dass du da heile rausgekommen bist. Oder um es mal so zu formulieren, wie es von Arno Nühm erwartet wird: Du bist mir sogar NOCH wichtiger als mein geliebter Ford Saurus!"

„Dass ich das noch erleben darf!" Gitti lächelte. Oder besser gesagt: Sie bemühte sich zumindest zu lächeln, denn der große blaue Fleck auf der linken Wange hatte sich nach zwei Tagen mittlerweile ziemlich dunkel gefärbt und die Schwellung im Gesicht war ja jetzt auch nicht gerade schönheitsfördernd. Und bevor sich jetzt wieder irgendwer aufregt, dass der blöde Arno Nühm sich über seine arme Frau lustig macht und damit gegen sämtliche christlichen Eheberatungsbücher verstößt ... Falsch! In diesen Büchern steht nämlich auch, dass Männer ihren Frauen öfter mal Recht geben sollen. Und genau das habe ich getan, nachdem Gitti am Freitag gesagt hatte: „Mein Gesicht ist im Moment wirklich nicht schön."

„Stimmt! Sieht echt furchtbar aus!"

So! Und das könnt ihr jetzt erstmal nachmachen ...

Steffi und Aaron hatten ihre Hochzeitsfeier zunächst verschieben wollen, aber Gitti war strikt dagegen. Ich auch, denn ich fürchtete, dass die amerikanischen Bibelschüler sonst noch länger bleiben könnten.

Natürlich hatte es Theater mit dem zuständigen Arzt im Krankenhaus, Dr. Wottsen, gegeben, der Gitti frühestens am Montag oder Dienstag entlassen wollte. Da aber alle Untersuchungen gut verlaufen waren, hatte sie beschlossen, gegen den ärztlichen Rat schon am Samstag zu gehen und an der Hochzeit natürlich teilzunehmen, wenn auch mit Halskrause und nur im Schongang.

Glücklicherweise hatten Gittis Freundinnen aus der Gemeinde die Hochzeitsdekoration des Gemeindesaales übernommen, und das Essen sollte ja sowieso von einem Partyservice angeliefert werden.

Meine Aufgabe am Samstag bestand darin, Gitti morgens um zehn Uhr aus dem Krankenhaus abzuholen, damit sie noch genug Zeit hatte, sich für die Hochzeit „aufzubrezeln". Den Gedanken, dass schicke Kleidung und Makeup auch nicht so viel nützen, wenn man trotzdem eine Halskrause trägt, behielt ich für mich. Na ja, genau genommen hatte ich den Gedanken nicht ganz für mich behalten, sondern ihn zumindest einen Tag zuvor meiner Tochter erzählt. Aber die hatte mich ziemlich böse angeschaut und sehr energisch gesagt: „Das sagst du nicht zu Mutti!"

Nach der Heimfahrt brauchte Gitti natürlich aufgrund der noch vorhandenen Schmerzen etwas länger, bis sie aus dem Auto ausgestiegen war, aber es war ein tolles Gefühl, dass sie wieder da war.

Die Frauen hatten unser Schlafzimmer als Umkleideraum für die Braut besetzt und so blieb mir aufgrund der anwesenden Bibelschüler also nichts anderes übrig, als meinen neuen Anzug im Heizungskeller anzuziehen.

Und es kam natürlich, wie es kommen musste. Ich hatte mich gerade bis auf meine Unterhose mit den aufgedruckten kleinen Deutschlandfahnen ausgezogen, als plötzlich jemand hinter mir die Metalltür öffnete. Ich zuckte zusammen, drehte mich herum und knallte auf halber Strecke mit dem Kopf ziemlich schmerzhaft gegen ein Heizungsrohr. BAMM! Das tat weh.

„Was machst du denn da?" fragte Gitti.

„Ich versuche mich hier umzuziehen, denn der Rest des Hauses ist ja mit Bibelschülern überfüllt."

„Hier im Heizungskeller?"

„Ja. Oder sollte ich mich in der Unterhose in den Garten stellen?"

„Mit dieser da ganz bestimmt nicht!" sagte sie energisch.

„Ich wollte ja eigentlich nur nachschauen, warum wir kein heißes Wasser mehr im Bad haben, aber dass es so schlimm wird … Du willst doch wohl nicht ernsthaft bei der Hochzeit deiner Tochter diese merkwürdige Unterhose anbehalten?"

Mein Kopf tat ziemlich weh und ich hätte mich fast dazu hinreißen lassen, doch noch einen Spruch über Frauen mit Halskrausen zu machen. Aber ich antwortete lediglich: „Meine Unterhose geht keinen etwas an. Und die wird bei dieser Hochzeit ja auch niemand zu sehen bekommen. Und außerdem gibt es in diesem Haus scheinbar keinen Ort, an dem man sich halbwegs ungestört auch noch die Unterhose ausziehen könnte."

In Gitti erwachte in diesem Moment wieder die Krankenpflegerin. „Lass mich mal deine Kopfwunde ansehen. Das wird ein schönes Veilchen geben", sagte sie und drückte noch mit dem Finger auf die schmerzende Stelle drauf.

„Aua!" rief ich.

Im nächsten Moment öffnete sich wieder die Metalltür und Aaron stand vor uns. Ich habe keine Ahnung, was er gerade dachte, und wir haben später nie wieder über diese Situation gesprochen. Aber er stammelte jedenfalls irgendwas wie: „Oh, sorry. Ich wusste nicht, dass ihr gerade ..." und ging.

Gitti lachte und sagte: „Wir sind echt eine bescheuerte Familie. Der Schwiegersohn erwischt uns im Heizungskeller und du stehst da in einer ..." Sie zeigte auf meine Unterhose und lachte noch lauter.

Ich konnte ihr in diesem Moment nicht böse sein, denn die Dankbarkeit darüber, dass ich dieses Lachen überhaupt noch hören durfte, war sehr groß.

Als ich meinen Anzug angezogen hatte, meinte Gitti: „Du trägst einen dunkelgrauen Anzug und ich ein dunkelgraues Kostüm. Und wir beide haben ein blaues Auge. Da sind wir dann im Partnerlook."

„Irrtum", sagte ich. „Denn dafür müsstest du ja dann auch einen Deutschland-Slip tragen und ich schätze mal, das ist nicht der Fall."

„Ich habe zwar eine Kopfverletzung, aber so schlimm ist es zum Glück noch nicht", antwortete sie.

■■■■■■■

Der weitere Plan sah wie folgt aus:
Um 14 Uhr treffen Aarons Eltern bei uns ein und fahren anschließend gemeinsam mit Gitti und Aaron zur Gemeinde. Steffi und ich kommen dann später nach, damit die Braut pünktlich um 15 Uhr vor dem Traualtar erscheint.

Wir kannten Aarons Eltern noch nicht und hatten bisher nur erfahren, dass sie eine Arzneimittelfabrik besaßen und sehr vermögend waren. Offensichtlich hatten sie andere berufliche Pläne mit Aaron gehabt und waren wegen der musikalischen Ambitionen und des Bibelschulbesuchs ihres Sohnes nicht gerade glücklich gewesen. Und sie waren auch gegen die Hochzeit mit Steffi, was das Verhältnis zwischen ihm und seinen Eltern noch weiter abgekühlt hatte.

Sie kamen nicht um 14 Uhr und auch nicht um 14:30 Uhr. Kurz danach erhielt Aaron dann eine Nachricht: „SIND SPAET DRAN WG. GESCHAEFTSESSEN MIT MINISTER. FAHREN DIREKT ZU DER SEKTE."

Wir mussten also umplanen. „Dann fahrt ihr eben mit unserem Auto", sagte ich zu Gitti und Aaron. „Steffi und ich kommen ja dann sowieso mit der gemieteten Limousi ..."

Mist! In diesem Moment fiel mir ein, dass ich neben der Aufgabe, Gitti aus dem Krankenhaus abzuholen noch eine weitere gehabt hätte, nämlich das Hochzeitsauto von der Verleihfirma abzuholen. Mist! Mist! Mist!

Das konnte ich jetzt auf gar keinen Fall mehr schaffen, denn jeweils zwölf Kilometer hin und zurück in acht Minuten ... Oder doch?

Gitti sah mich ratlos an, Aaron sah mich auch ratlos an und Machma, der ja ebenfalls dabei gestanden hatte, sah mich erst recht ratlos an, weil er natürlich von unserer Unterhaltung in deutscher Sprache sowieso nichts verstanden hatte.

Aber er war die Lösung! Natürlich sollte er eigentlich mit den anderen voraus fahren, um sich auf seine Traupredigt vorzubereiten. Aber darauf konnten wir jetzt keine Rücksicht nehmen. Denn wenn ein Arno Nühm seiner Tochter ein Hochzeitsauto versprochen hat, dann wird ein Arno Nühm auch sein Wort halten. Und ein Arno Nühm lässt sich dabei von niemand ... ach, die markigen Sprüche können wir ja dann hinterher noch machen ...

Der Plan hatte sich wie folgt geändert:
Gitti und Aaron fahren mit dem Auto zur Gemeinde. Machma und ich setzen uns gemeinsam auf den Motorroller und nehmen die Abkürzung durch den Wald zum Autoverleih. Dadurch kürzen wir die Strecke um fast acht Kilometer ab und sparen Zeit. Dann fahren wir mit dem Hochzeitsauto zurück und verlassen uns darauf, dass Machma die zwölf Kilometer inklusive neun Ampeln in sieben Minuten schafft.

Ich hatte ihn in New York erlebt und wusste: Wenn es einer kann, dann er. Und grundsätzlich funktionierte unser Plan auch ganz gut bis auf einen kleinen Patzer mit dem Roller im Wald. Ich hatte die Kurve wohl etwas zu rasant angesteuert und war auf dem Schotter weggerutscht. Machma hatte vorher noch irgendwas aus Psalm 40 gerufen und war dann abgesprungen. Ich habe keine Ahnung, wie er es angestellt hat, aber er stand hinterher völlig unversehrt auf dem Weg. Bei mir lief es nicht ganz so gut, denn ich war leider einige Meter über den Schotter gerutscht. Der Anzug war dreckig und am linken Knie sogar eingerissen. Mist! Aber darauf konnten wir jetzt keine Rücksicht nehmen.

Die Rückfahrt verlief unfallfrei, denn Machma war beim Thema „sportliches" Autofahren ein Meister seines Fachs …

Anmerkung des Autors: Ich möchte an dieser Stelle insbesondere für alle jungen Menschen und Führerscheinanfänger darauf hinweisen, dass ich jede Glorifizierung einer gefährlichen und rücksichtslosen Fahrweise entschieden ablehne und mich immer exakt an alle Verkehrsregeln halte!

Na gut, jedenfalls fast immer … also meistens … wenn ich früh genug losgefahren bin …

Aus diesem Grund werde ich es auch nicht akzeptieren, dass Arno Nühm hier in dieser Geschichte seinen Freund Machma aufgrund dessen unverantwortlicher Fahrweise noch als Helden feiert!

Machma war ein Held! Alleine die Abkürzung mit einer rasanten Slalomfahrt über das stillgelegte Betriebsgelände der alten Molkerei war brillant. Wir hätten damit mindestens fünfhundert Meter abgekürzt und eine rote Ampel umfahren, wenn nicht auf der anderen Seite dieses blöde Metalltor verschlossen gewesen wäre. Durch das harte Wendemanöver hatten wir zunächst den auf dem Auto angebrachten Hochzeitsblumenschmuck verloren, aber bei einer weiteren Runde auf dem Hof der Molkerei konnte ich mich so weit aus dem Fenster lehnen, dass ich das Gesteck während der Fahrt wieder einsammeln konnte. Machma rief dabei wieder irgendwelche Bibelverse, die ich aber aufgrund des Fahrtwindes nicht verstehen konnte.

Letztlich waren wir dann zwar sogar etwas langsamer als die anderen Autos, aber egal. Um 15:04 Uhr kamen wir bei Steffi an, die natürlich schon ungeduldig vor dem Haus wartete.

Sie sah in ihrem Hochzeitskleid wunderschön aus. Ich dachte kurz und sentimental daran, dass sie vor gar nicht allzu langer Zeit noch das kleine Mädchen war, das sich beim Spielen die Hosen zerrissen hatte. Und jetzt war sie erwachsen und wollte heiraten.

„Papa, deine Hose ist am Knie kaputt, was hast du denn wieder angestellt?" fragte sie, als ich ausstieg. So ändern sich die Zeiten …

∎∎∎∎∎∎∎

Wir kamen knapp fünfzehn Minuten zu spät, aber ohne die Braut und den Prediger konnten die anderen ja sowieso nicht anfangen. Machma war am Gemeindezentrum mit dem Auto quer über den Rasen gefahren und hatte direkt vor dem Eingang eine Drehung gemacht. Dann war er kurz vor uns in den Saal gelaufen und hatte das Zeichen für den Beginn der Trauung gegeben.

Hosea spielte an diesem Tag die Orgel, weil meine Aufgabe ja darin bestand, meine Tochter möglichst würdevoll zum Traualtar zu führen. Und das tat ich! Dort übergab ich sie mit einem freundlichen Kopfnicken an Aaron, drehte mich um und ging gemessenen Schrittes zu meinem Platz. Ich war mir sicher, dass alles gut geklappt hatte und dass kaum jemand das Loch am Knie bemerkt haben dürfte.

Gitti hatte es natürlich trotzdem gesehen, denn meiner Frau kann man nichts vormachen. Sie raunte mir zu: „Was hast du denn wieder gemacht? Deine Hose ..."

„Kleiner Sturz mit dem Roller. Ist aber nur das Loch am Knie."

„Nein! Die Rückseite ist auch völlig eingerissen und man konnte eben sehr deutlich eine gewisse Unterhose mit Deutschland-Fahnen sehen."

Mist! Jetzt wusste ich auch, warum die mich alle so freundlich angelächelt hatten. Mist! Mist! Mist! Steffi tat mir in diesem Moment so leid, weil ich ihren großen Tag versaut hatte.

Machma sprach in seiner Hochzeitspredigt über das Thema „Offenheit in der Ehe", aber ich konnte hauptsächlich nur an die Offenheit meiner Hose denken. Nach einigem Nachdenken beschloss ich, mir nach dem Gottesdienst Gittis Stola zu leihen und das Teil um meinen Bauch zu wickeln. Dann würde ich damit in die Fußgängerzone zu Modehaus Paalberg laufen und einfach einen neuen Anzug kaufen. Problem gelöst! Bei Predigten habe ich die besten Ideen ...

■■■■■■■

Der Plan funktionierte. Mal abgesehen davon, dass ich in der Fußgängerzone ausgerechnet der Geschäftsführerin unserer Firma über den Weg lief, die mich mit den Worten „Schicke Stola, Herr Nühm!" begrüßte. Ich winkte ihr freundlich zu und sagte: „Alte Tradition in unserer Gemeinde. Meine Tochter heiratet heute." Falls also mal jemand gefragt wird, ob es wirklich stimmt, dass die Mitglieder der Freien Erweckungsgemeinden nicht nur zwangsweise mindestens 120 % ihres Einkommens spenden müssen, sondern dass die Männer dieser Sekte auch noch bei gewissen Anlässen eine Stola tragen, dann wisst ihr, wo das Gerücht entstanden ist …

Nachdem ich einen neuen Anzug gekauft hatte, traf ich außerdem noch Lemmy, den Bassisten von „The Baluscheks" und begrüßte ihn mit dem Witz: „Na Lemmy, wieder auf der Suche nach deinem Auto?"

„Hey, Lordie. Cooler Anzug", sagte er, wie immer leicht benebelt. „Nee, die Karre steht zu Hause. Ich hab nur den Kinderwagen mit meiner Nichte irgendwo vergessen … meine Schwester wird echt sauer sein, wenn die weg is'." Mal ganz abgesehen davon, dass Lemmys Schwester auch nicht gerade die Cleverste sein dürfte, wenn sie einem völlig verpeilten Typ wie ihrem Bruder ihr Baby anvertraute, konnte ich ihm immerhin einen entscheidenden Tipp geben: „Falls das ein blauer Kinderwagen ist, dann rollt er gerade da hinten an der Apotheke vorbei …"

Bei meiner Rückkehr im neuen Anzug stellte ich relativ schnell fest, dass Aarons Eltern ziemlich nervig waren. Gitti hatte bereits Bekanntschaft mit ihnen gemacht und sich dabei indirekt anhören dürfen, dass wir nicht so ganz ihrem gehobenen Niveau entsprachen.

Beispielsweise hatte Aarons Mutter nach einem kurzen Blick auf das Buffet gesagt: „Die Kinder wollten ja nicht, dass Jobst und ich uns bei der Planung und Finanzierung der Feier engagieren. Aber wir hätten da natürlich problemlos etwas Anspruchsvolleres von unserem Cateringservice auf Sylt einfliegen lassen. Na ja, und mit einem halbwegs begabten Floristen und Objektdesigner hätte man bestimmt auch in dieses religiöse Etablissement ein bisschen Flair bringen können."

Aarons Vater war nicht besser. Alleine schon der Beginn unseres Gespräches reichte mir, um ihn auf meine persönliche schwarze Liste zu setzen. „Mein Name ist Prof. Dr. Jobst Prollhoff. Aber sagen Sie einfach ganz zwanglos Professor zu mir."

„Gerne. Und Sie können mich Lobpreisleiter nennen!"

Gitti haute mir in diesem Moment wieder den Ellenbogen in die Rippen. Ich muss unbedingt mal dran denken, dieses christliche Ratgeberbuch gegen Gewalt in der Ehe zu bestellen. Aber andererseits hatte sie natürlich Recht, denn bei der Hochzeit der eigenen Tochter sollte man sich mit Sticheleien gegenüber den Schwiegereltern zurückhalten.

Ich versuchte also nett zu sein und den Herrn „Professor" davon zu überzeugen, dass unsere Familie und auch unsere Gemeinde eigentlich ganz normal sind und dass wir bis auf wenige unglückliche Ausnahmen auch meist nicht in Deutschland-Unterhosen durch die Gegend laufen.

Familie Prollhoff war seinen Schilderungen zufolge trotzdem auf einem ganz anderen Niveau angesiedelt. „Wir sind ja seit Generationen eine Akademiker-Familie und unser Aaron-Archimedes hat natürlich auch das beste Abitur seines Jahrgangs gemacht", sagte er stolz.

Archimedes! Die hatten ihn nicht nur Aaron genannt, sondern auch noch Archimedes. Ha! Wie kann man nur auf die Idee kommen, seinem Kind einen so dermaßen bescheuerten Namen zu geben?

Aarons Vater, oder besser gesagt: Aaron-Archimedes Vater (Haha! Wie kann man seinem Kind nur … ach das hatte ich ja schon …) faselte anschließend noch ziemlich langatmig von seiner Firma und irgendwelchen Gesetzen, die ihm das Leben schwer machten, weil er seine Medikamentenreste und Abwässer nicht gleich bei uns in Deutschland in den Fluss kippen durfte, sondern erst hinter der Grenze.

Ich war ehrlich gesagt froh, als wir endlich unterbrochen wurden, weil einige der Bibelschüler ein pantomimisches Ratespiel mit den Hochzeitsgästen spielen wollten. Sie hätten vielleicht nicht unbedingt Tante Lotti dafür auswählen sollen, denn die war nämlich in jeder Hinsicht überfordert, als sie Bundeskanzlerin Merkel darstellen sollte. Sie zeigte dabei immer nur auf unseren schwarzafrikanischen Pastor Hosea und tat dann so, als würde sie Orgel spielen. Als niemand das Rätsel lösen konnte, sagte sie mit ihrem ostpreußischen Akzent: „Na ja, de Merkelsche hat doch erst de janzen Flichtlinge hier rinjeholt und nu' spielen se schon de Orjel inne Jemeeinde ..."

Ganz toll! Jetzt hatte unsere Familie nicht nur kaputte Hosen, sondern auch noch blödsinnige rechtsradikale Ansichten. Und für die Menschen, die mich noch nicht kannten, hatte wahrscheinlich meine Unterhose mit Deutschland-Fahnen eine ganz neue Bedeutung bekommen. Schönen Dank, Tante Lotti!

Anschließend versuchte ich die Familienehre wieder zu retten, indem ich unser Hochzeitsgeschenk für die beiden präsentierte und gleichzeitig versuchte, unsere politischen Ansichten in ein etwas anderes Licht zu stellen: „Liebe Steffi, lieber Aaron-Archimedes ..."

Ich musste mich echt zusammenreißen, denn dieser Name ist ja nun wirklich so dermaßen ... ach, egal.

„ ... wir haben uns ja mit einem kleinen Beitrag an den Kosten für eure Feier beteiligt, aber ihr sollt auch noch ein zusätzliches Geschenk in Form einer Urlaubsreise von uns erhalten. Unsere Familie ist ja nicht nur bekannt für ihren festen Zusammenhalt, sondern natürlich auch für ihre Weltoffenheit und Toleranz. Und da in den letzten Jahren besonders viele Flüchtlinge aus Übersee in unser Land gekommen sind, haben wir uns wegen eurer Reise überlegt, dass manche von denen ja auch jetzt im Harz wohnen. Und deshalb möchten wir euch diesen Gutschein für eine Übernachtung in der Pension Jagdwurstklause in Wernigerode schenken ..." Ich wartete den freundlichen Applaus der Gäste ab, um dann noch einen drauf zu setzen: „... und das ist noch nicht alles, denn hier sind auch noch zwei Fahrkarten für die Brockenbahn."

Und da ich vermutete, dass die Konkurrenz in Form von Aarons Eltern ebenfalls ein ähnliches Geschenk überreichen würde, fügte ich hinzu: „Das wichtigste ist und bleibt aber natürlich, dass wir als Eltern eure Wünsche und Zukunftspläne respektieren und auch weiterhin immer für euch da sein werden."

Anmerkung des Autors: Machen wir uns doch nichts vor! Jeder, der die anderen Lowpricelighter-Geschichten kennt, weiß doch jetzt, was gleich wieder passieren wird. Und dann heißt es hinterher natürlich: Dem Fischer fällt ja auch nichts Neues mehr ein!
Irrtum, Leute! Ich wollte nämlich darauf hinaus, dass diese Prollhoffs ganz fiese Leute sind! Und zum Schluss hätte es dann eine Schießerei gegeben, mit Mafia und Ninja-Kämpfern und so ... oder mit Indianern. Und der sterbende Arno hätte dann mit schwindender Kraft zu seiner Gitti so was ähnliches gesagt wie Winnetou da-

mals zu Old Shatterhand. Und dann hätte er sich noch ein letztes Mal sein Keyboard reichen lassen und „Junge, komm bald wieder" gespielt. Oder so ähnlich.
Aber ich wurde stattdessen von meinem Verleger zu diesem vorhersehbaren Ende gezwungen, das jetzt kommt ...

Kurze Zeit später standen Aarons Eltern natürlich auch vorne am Mikro – die alten Nachmacher! Und dann folgte zunächst ein ziemlich langweiliger Monolog des Professors, der sich scheinbar unglaublich gerne selbst reden hörte. Wir mussten uns einen extrem öden Vortrag über den Aufstieg und Werdegang der Firma ProllPharm AG und über die Chancen und Risiken des globalisierten Arzneimittelmarktes anhören (Schnarch!). Ich hatte kurzzeitig Bedenken, ob wir das Ende dieser Rede überhaupt noch vor Steffis und Aarons Silberhochzeit erleben würden.
Aber irgendwann, nachdem seine Frau ihm mindestens dreimal mit dem Ellenbogen in die Rippen geboxt hatte, damit er endlich aufhört zu reden, leitete Professor Prollhoff sein großes Finale ein: „Und so führen wir die ProllPharm AG in zweiter Generation und hatten natürlich gehofft, dass Aaron-Archimedes ebenfalls in die Firma einsteigt ..."
Ja, jammere du doch nur hier rum, Professor. Der Aaron hat aber keinen Bock drauf und macht lieber Musik und er hat auch bislang keinem hier erzählt, dass er noch Archimedes heißt. Warum wohl?
„ ... Anfangs ist es uns nicht ganz leicht gefallen, zu akzeptieren, dass er seinen Weg anders gestalten und im religiösen Bereich als Musiker tätig sein möchte ..."

Heul doch, Prollhoff!

„… aber, lieber Aaron, deine Mutter und ich wollen das jetzt so annehmen und dich bei deinen Plänen unterstützen …"

Ja, klar, so siehst du aus, Professor. Völlig durchschaubare Taktik! Der wird doch gleich mit ein bisschen Geld wedeln und dann sagen: Das kriegt ihr aber nur, wenn ihr immer schön das tut, was wir wollen. Meine Güte, ist das armselig.

„… also lieber Aaron-Archimedes und liebe Stefanie Johanna Sebastiana …"

Moment! Woher wusste der jetzt auf einmal Steffis weitere Vornamen? Die hatten wir doch nie irgendwem … Na warte, Gitti, du alte Verräterin.

Prollhoff redete weiter: „… wir möchten uns entschuldigen, weil wir euren Weg zunächst nicht so akzeptieren wollten. Das soll aber ab jetzt hoffentlich anders sein, weil wir merken, dass euch diese Kirche, euer Glaube und eure Musik sehr wichtig sind …"

Wetten, dass er gleich mit der Kohle anfängt!

„… und wir möchten euch deshalb zunächst mal einen Scheck über 5.000 Euro als kleinen Zuschuss für die Feier geben …"

Ich hab's gewusst. Ich HAB es gewusst! Aber du glaubst ja wohl nicht ernsthaft, Prollhoff, dass du mit 5.000 Euro hier den großen Treffer landen kannst und die beiden auf deine Seite ziehst. Ich meine, die Pension Jagdwurstklause und die Fahrkarten waren ja jetzt auch nicht sooo ganz billig.

„… außerdem haben wir für euch eine Hochzeitsreise auf den Malediven gebucht … also natürlich nur, wenn ihr das wollt …"

Steffi und Aaron waren inzwischen aufgestanden und nach vorne gekommen. Sie nickten beide heftig und bedankten sich freudestrahlend für die Reise.

Meine Güte, man kann doch auch im Harz glücklich sein.

Aber der Professor war immer noch nicht fertig: „… und da wir gehört haben, dass ihr demnächst wieder hier in Todtenhausen wohnen wollt, haben wir uns entschieden, euch unsere Eigentumswohnung in der Innenstadt zu schenken."

Aaron und Steffi schienen sprachlos zu sein. Ich war es ehrlich gesagt auch, denn man muss da realistisch sein: Unser Geschenk mit dem Wochenende in der Jagdwurstklause und den Bahnfahrkarten war von den anderen jetzt so langsam übertroffen worden.

Ich war aber natürlich trotzdem sicher, dass Aaron und vor allem unsere Steffi sich zwar über die Geschenke freuen würden, aber nach wie vor wussten, dass wir und unser liebevolles Verhältnis als Familie deutlich wichtiger waren als materieller Besitz.

„So", sagte der Professor. „Ich will jetzt auch zum Schluss kommen …"

Na endlich!

„… Hoffentlich konnten wir euch ein bisschen überraschen und euch eine Freude machen. Aber eine Sache habe ich noch …"

Siehste, jetzt kommt das mit der Firma und dann platzt die ganze Seifenblase. Mir tat nur Steffi in diesem Moment leid, da sie solche Enttäuschungen von uns natürlich nicht gewohnt war … na ja, sie war dafür andere Enttäuschungen von uns gewohnt, aber das ist jetzt hier nicht entscheidend.

Prollhoff war nicht zu bremsen: „Eine Sache habe ich noch. Wir wissen ja, Aaron, dass dir dein Pferd ‚Hilti‘ immer so viel bedeutet hat und wie traurig du warst, als er vor zwei Jahren eingeschläfert werden musste. Und deshalb haben wir … na ja, damit ihr euch nicht streiten müsst ... haha ... haben wir für euch gleich zwei Pferde gekauft.“

Nein! Das war ja wohl … dieser miese, hinterhältige … ach, nein, ich lasse mich nicht dazu verleiten, hier das Wort „Arsch“ zu schreiben.

Steffi hatte sich immer ein eigenes Pferd gewünscht und wir hatten ihr diesen Wunsch logischerweise nicht erfüllen können, weil das einfach alles zu teuer gewesen wäre. Und jetzt bekam sie mal so eben nebenbei den Zossen von den Schwiegereltern geschenkt. Ich kam mir in diesem Moment vor wie in einem ganz, ganz miesen Buch.

Gitti schien auch etwas genervt zu sein, denn sie flüsterte mir zu: „Also ein bisschen dick auftragen können die Prollhoffs ja scheinbar ganz gut.“

„Das mit dem Pferd“, sagte ich. „Das war zu viel!“

Steffi kam kurz danach zu uns und nahm uns beide in den Arm. „Das waren ja tolle Überraschungen von meinen Schwiegereltern, oder?“, fragte sie. „Aber ich weiß natürlich trotzdem, dass ihr zwar arm seid, aber immer noch die besten Eltern auf der Welt. Auch wenn ich von euch nie ein Pferd bekommen habe …“ Sie grinste. „Aber ich habe euch natürlich trotzdem lieb.“

„Stefanie Johanna Sebastiana“, sagte ich feierlich. „Und du bist und bleibst die beste Tochter der Welt, auch wenn du jetzt finanziell scheinbar in einer ganz anderen Liga

spielst als wir. Aber zur Strafe werde ich euch nachher noch was vorsingen ..."
„NEIN!" riefen Gitti und Steffi fast gleichzeitig.

Aarons Eltern verließen kurze Zeit später die Feier, weil sie angeblich ganz dringend zu einem wichtigen internationalen Pharma-Kongress nach Dulumpi reisen mussten. Natürlich im Privatjet, wie sie bei der Verabschiedung betonten, aber das war ja sowieso klar!
Ich nahm mir trotzdem vor, mich nicht weiter über sie aufzuregen und ihnen auch in Zukunft freundlich zu begegnen. Also diese nette, treudoofe Art, wie Christen halt immer so sind. Aber eine Sache war trotzdem klar: Das mit dem Pferd, das war zu viel!

■■■■■■■

Das Blödeste bei Hochzeiten sind emotionale Reden, bei denen der Redner dann auch noch anfängt zu heulen. Oder wenn jemand selbst verfasste Gedichte und Lieder vorträgt! Furchtbar! So was muss ja nun wirklich nicht sein, außer natürlich bei mir.
Kurz nach dem Mitternachtsbuffet ging ich deshalb zum Mikro und sagte: „Ich weiß zwar, dass es nicht gerade zu den größten Wünschen meiner Tochter gehört, wenn ich auf ihrer Hochzeitsfeier singe und jetzt auch noch eine weitere Rede halte. Aber, ehrlich gesagt, möchte ich es trotzdem tun ..."
„So lange du uns nicht wieder deine Unterhose zeigst!" rief Paul und hatte natürlich die Lacher auf seiner Seite.
Ich nickte ihm mit dem gönnerhaften Blick eines souverä-

nen geistlichen Leiters zu, wartete anschließend, bis alle sich wieder beruhigt hatten und sagte dann:

„In den letzten Monaten habe ich sehr viel über meinen Glauben an Jesus und meine Beziehung zu Gott gelernt. Einige Fragen sind beantwortet worden und manche neuen Fragen sind auch dazugekommen. Aber ich bin ihm für vieles sehr dankbar, vor allem nach den letzten Ereignissen für meine Familie ...“ Das war dann die Stelle, bei der ich anfing zu flennen wie ein kleiner Junge im Kindergarten. Ich hätte es wissen müssen und solche emotionalen Statements lieber vermeiden sollen. Zum Glück konnte ich mich aber nach Pauls gut gemeintem Zwischenruf „Heulsuse!“ relativ schnell wieder fangen und weiter sprechen: „... und aus dieser Dankbarkeit ist in den letzten Tagen ein Anbetungslied entstanden, das ich gerne für Gott singen möchte. Und damit es für die Gäste nicht ganz so schlimm wird oder falls ich nochmal anfange zu heulen, wäre es wahrscheinlich gut, wenn meine Familie einfach mitsingt. Ganz spontan und ungeprobt, aber die Melodie ist ja sowieso irgendwo geklaut ...“

HALBE EWIGKEIT

Und hätt' ich eine halbe Ewigkeit Zeit
dann wär' der Weg zu dir noch immer viel zu weit
Und würd' ich tausend Jahre auf die Suche geh'n
dann könnt' ich deine Gnade trotzdem nicht versteh'n

Großer wunderbarer Herr
Gott und Freund und noch viel mehr
Deine Liebe sprengt mein Herz,
denn sie ist tiefer als das Meer

Du bist unbeschreiblich groß
bist unendlich, grenzenlos
ich begreife es wohl nie,
doch deine Hand lässt mich nicht los

Halleluja, Halleluja

Nachwort – Vom Arsch zum Anbeter

Eines der größten Wunder Gottes ist für mich die Veränderung eines Menschen, der nach und nach in den Plan Gottes für sein Leben hineinwächst. Bei manchen Leuten funktioniert das spektakulär, andere wiederum sind scheinbar schon vorher so klasse, dass sie fast gar nichts mehr ändern müssen. Und bei manchen geht es nur langsam, sehr mühsam und mit vielen Rückschlägen. So wie bei Arno Nühm ... oder auch bei mir.

In meinem Fall wurde und wird dieser Prozess nicht nur von der Liebe und Gnade Gottes getragen, sondern auch von vielen lieben Menschen, die mit mir gemeinsam auf dem Weg sind.

In der letzten Zeit scheint sich dabei immer mehr herauszustellen, dass es am Ende darauf hinausläuft, ein Anbeter Gottes zu sein. Danke an alle, die durch Gespräche, durch Taten, durch Musik und durch Gebete dazu beigetragen haben, dieses große Ziel nicht aus den Augen zu verlieren.

Klaus Fischer
im Oktober 2016

Ich widme dieses Buch meinem Kumpel
Klaus Meledszus
der im April 2016 gestorben ist.

Ich glaub', dass dein Lächeln, das uns jetzt hier fehlt
zum Schönsten bei Gott in der Ewigkeit zählt

Ich glaub', dass dein Lachen den Himmel erhellt
und dass du dort glücklich bist in Gottes Welt

Ich glaub' das! - Nur fällt es mir unglaublich schwer
für mich zu begreifen: Ich seh' dich nicht mehr!

Ich weiß, es muss weiter geh'n. Weiß nur nicht - wie?
Und fühl' mich zur Zeit so, als wüsst' ich es nie

Ich weiß keinen Grund, der erklärt, was geschah
und wünschte mir so sehr, du wärst einfach da

Ich weiß, eines Tages werd' ich vor Gott steh'n,
um dann auch dein Lachen im Himmel zu seh'n …